GOLDMANN

Buch

In Roosbach ist die Welt noch in Ordnung: Idylle, Dorfgemeinschaft und Naturverbundenheit. Erstaunlich ist allerdings, daß sich innerhalb kurzer Zeit die ungeklärten Todesfälle häufen. Bella Block, Kommissarin bei der Kripo in einer deutschen Großstadt mit Vorliebe für Wodka und Orangensaft, bekommt den Auftrag, die Todesfälle zu untersuchen. Doch aus der reinen Routinesache mit viel Freizeit wird nichts, denn schnell stößt sie auf einen Mordfall – und es soll auch nicht der letzte gewesen sein.

Autorin

Doris Gercke, 1937 in Greifswald geboren, lebt seit 1949 mit einer Unterbrechung von zehn Jahren Provinz in Hamburg. Nach ihrer Lehre als Verwaltungsbeamtin war sie Hausfrau und Mutter, arbeitete als Büroangestellte, machte das Begabtenabitur und absolvierte ihr Jura-Examen.

Sie ist der »unumstrittene Shootingstar der deutschen Krimiszene« *Die Zeit.* 1990 wurde sie mit der Mimi, dem deutschen Krimi-Oscar, für den besten Kriminalroman des Jahres ausgezeichnet.

Außerdem als Goldmann-Taschenbuch:

Nachsaison (9972)
Moskau meine Liebe (9973)
Der Krieg, der Tod, die Pest (9974)

DORIS GERCKE

WEINSCHRÖTER, DU MUSST HÄNGEN

Kriminalroman

GOLDMANN VERLAG

Die Zitate sind entnommen aus:
Alexander Block: Lyrik und Prosa,
Verlag Volk und Welt, Berlin 1982

Die Kinderverse aus:
Allerleirauh,
Viele schöne Kinderreime,
Suhrkamp Verlag, Frankfurt 1962.

Umwelthinweis:
Alle bedruckten Materialien dieses Taschenbuches
sind chlorfrei und umweltschonend.
Das Papier enthält Recycling-Anteile.

Der Goldmann Verlag
ist ein Unternehmen der Verlagsgruppe Bertelsmann

Made in Germany · 1. Auflage dieser Ausgabe · 7/93
Genehmigte Taschenbuchausgabe

Umschlaggestaltung: Design Team München
unter Verwendung eines Fotos von
Superbild Bach/Schmidbauer, Grünwald
Satz: IBV Satz- und Datentechnik GmbH, Berlin
Druck: Elsnerdruck, Berlin
Verlagsnummer: 5836
Lektorat: Ge
Herstellung: Heidrun Nawrot
ISBN 3-442-05836-8

Für Mücke, Matti, Martin und Yogi

Weinschröter, schlag die Trommel,
bis der bittre Bauer kommt.
Mit den Grenadieren
mußt du fortmarschieren,
mit dem blauen Reiter
auf die Galgenleiter.
Weinschröter, du mußt hangen,
bist bei Nacht zum Weib gegangen.

Napoleon, Napoleon,
was macht denn deine Frau?
Sie wäscht sich nicht,
sie kämmt sich nicht,
sie ist 'ne alte Sau!

„Es kam nicht oft vor, daß sie mit mir sprachen, eigentlich sogar sehr selten. Manchmal dachte ich, es wäre, weil ich zu häßlich bin. Als sie mich ansprachen, waren die Vorbereitungen schon vorbei. Der Abend war warm. Sie saßen neben dem Feuerwehrhäuschen und tranken Bier. Ich ging hin und setzte mich neben sie. Sie gaben mir Bier und redeten weiter, so als ob ich gar nicht da wäre oder als ob ich dazu gehörte. Wie das Gras, auf dem wir saßen, oder die Margeriten. Die schimmerten weiß, weil Vollmond war.

Sie sprachen nicht mit mir, und ich hörte ihnen nicht zu. Es war mir recht, in der Dunkelheit zu sitzen, neben ihnen, und Bier zu trinken. Das war schön. So war es noch niemals gewesen. Deshalb überhörte ich auch die Frage, die sie an mich richteten, und sie mußten sie zum zweiten Mal stellen. Sie hatten gefragt, ob ich glaubte, daß es leicht sei, einen Eber zu melken.

Ich sagte, das sei bestimmt nicht leicht, denn ich hatte

schon genügend Eber gesehen und hatte Angst vor ihnen.

Seht ihr, sagte sie, sie sagt es auch, und sie muß es ja wissen.

Sie lachten leise, und ich lachte auch, weil sie mir noch ein Bier gaben und der Abend noch nicht zu Ende war. Und weil sie mir recht gegeben hatte, deshalb lachte ich auch.

Ich weiß jetzt, warum sie immer wieder von dem Eber sprachen, aber damals wußte ich es nicht. Vielleicht hätte ich es wissen können, wenn ich mich an ihrem Gespräch beteiligt hätte. Aber es wäre gegen die Spielregeln gewesen. Ich saß da, trank Bier und war glücklich.

Ich weiß, daß sie es war, die mich gefragt hat, ob ich mitkommen will. Ich war nicht mehr ganz nüchtern. Ihre Gesichter um mich herum waren wie grinsende Lampions. Das fand ich sehr komisch. Wir mußten alle vier lachen. Sie halfen mir beim Aufstehen, aber sie waren auch nicht mehr ganz sicher auf den Beinen, jedenfalls schien es mir so, und wir lachten und lachten. Sie hatte mich eingehakt, und jede hatten wir einen Mann an der anderen Seite. An meiner Seite ging der Wirt. Ich dachte, weshalb es nicht immer so sein könnte, und fing an zu überlegen, wie ich es anstellen müßte, damit sie mich auch am Tage beachteten. Aber ich kam nicht weit mit meinen Gedanken, das Bier, und außerdem war der Weg nicht weit genug, um Ordnung in meinen Kopf zu bringen.

Als wir am Hoftor standen, fiel mir wieder ein, weshalb wir hier waren: Die Männer wollten uns zeigen, wie einfach es ist, einen Eber zu melken. Ich erinnere mich, daß ich keine Lust hatte, mit in den Stall zu gehen. Ich hatte auch Angst, aber sie zog mich weiter.

Der Hof war mit hellem Kies bestreut. Um die Alten nicht aufzuwecken, gingen wir auf dem Plattenweg an der Hauswand entlang. Die beiden Männer gingen vor mir, die Frau ging hinter mir.

Niemand sagte etwas, ab jetzt war es unmöglich, etwas zu sagen, wir hätten gehört werden können. Im Stall war es noch wärmer als draußen. Er war niedrig, ziemlich groß, weiß gekalkt und leer bis auf ein Gestell, so ähnlich wie das, was in der Schule zum Bockspringen benutzt wird. An den Wänden waren ein paar Ringe eingemauert, vielleicht hatten da früher Pferde gestanden. Es brannte das rötliche Licht, das für die Ferkelaufzucht gebraucht wird. In seinem Stall kam er mir plötzlich größer vor, auch seine Stimme klang anders, als er uns sagte, daß wir uns ganz ruhig verhalten sollten. Ich habe es nicht gemerkt, aber jetzt hat sie mir – sie muß es gewesen sein, er war hinter der Stalltür verschwunden, und der Wirt stand mir gegenüber an der Wand – die Handgelenke an die Ringe gebunden. Sie hat ihre Hände auch in die Ringe gesteckt, und so, ohne ein Wort zu sagen, die Rücken an die Wand gedrängt, die Hände nebeneinander in die Ringe gesteckt, sahen wir auf die Stalltür.

Ich hatte Angst, aber es gefiel mir auch, mit den anderen etwas gemeinsam zu machen, und wenn es auch nur so ein Blödsinn war wie jetzt.

Er hatte die Stalltür nur angelehnt, und der Eber, der sie mit der Schnauze aufschob, war riesig. Er kam ganz langsam in den Stall. In dem warmen Licht sah er braunrot aus und friedlich. Er schnüffelte am Boden, der Mann hatte hohe Stiefel an, er ging hinter ihm und lenkte ihn mit einem Stock. Sie trotteten einen Halbkreis, und er lenkte ihn hin zu dem Bock. Der Eber beschnüffelte den Bock. Er besprang den Bock, legte sich ganz friedlich über den Bock, sein Kopf ragte in die Höhe, dünne Schleimfäden liefen aus den Winkeln des halb offen stehenden Mauls. Er sah ungeheuer dämlich aus, wie er da hing. Zwischen seinen Hinterbeinen erschien ein langer rosa Schlauch. Er kniete neben dem Eber, faßte den glitschigen rosa Schlauch, steckte den vorderen Teil in eine Plastikröhre und streichelte ihn mit langsamen gleichmäßigen Bewegungen, bis die weiße Flüssigkeit in die Röhre lief. Wir hörten den Eber schnaufen. Er schob ihn vom Bock und führte ihn langsam zur Tür. Niemand sagte ein Wort, bis er zurückkam, die Röhre in der Hand, und die Tür hinter sich zumachte. Da lachte die Frau neben mir.

Das war ja ganz einfach, sagte sie.

Und ich lache auch, alle lachen. Und die beiden Männer gehen an den Bock und schieben ihn gegen die Wand, genau dahin, wo ich stehe. Ich trete zur Seite, aber meine Hände sind an den Ringen festgemacht, und ich weiß jetzt, was sie vorhaben und worüber sie die ganze Zeit gelacht haben, aber ich habe nicht darauf geachtet.

Du weißt, daß du nicht schreien kannst, sagt die Frau. Sie ist betrunken. Ihre Augen sind rot.

Der Eber ist nicht immer so friedlich.

Sie spricht leise, aber sie hat nicht mehr die sanfte Stimme, die mir so gut gefallen hat, als wir im Gras saßen und Bier tranken und die Margeriten gesehen haben. Sie hat wieder die Stimme, die ich kenne, wenn sie über den Hof nach ihren Kindern schreit.

Die Männer sagen kein Wort. Ich liege mit dem Rükken auf dem stinkenden Bock, den Kopf an der Wand, meine Hände stecken in den Ringen. Sie haben aus der Röhre eine Spritze gemacht. Sie haben meine Hose ausgezogen. Sie haben meine Beine festgehalten. Er hat mit seinen fetten Fingern zwischen meinen Beinen gerieben. Sie haben mir das Zeug eingespritzt. Sie haben gelacht.

Draußen war alles ruhig. Es muß noch der Mond geschienen haben, wie sonst hätte der Kies so hell sein können. An der Stelle, wo wir gesessen und Bier getrunken hatten, war das Gras noch niedergedrückt, eine größere Fläche, auf der drei Personen Platz gehabt hatten, und eine kleinere Fläche, da hatte ich gesessen. Ich blieb einen Moment stehen, um meine Hose anzuziehen. Sie stank nach dem Bock, und ich übergab mich. Ich habe lange dort gestanden, glaube ich. Ich hätte gar nicht weitergehen können. Ich konnte nur würgen. Als ich wieder denken konnte, spürte ich, daß die Nacht noch genauso warm war, wie vorher.

Ich stand da und begriff, daß sie über mich lachten und bei der erstbesten Gelegenheit damit angeben würden, wie sie mich reingelegt hatten. Ich haßte sie so, daß ich mich von neuem übergab. Mein ganzer Körper war naß von Schweiß. Ich hab' mir auf die Schuhe gekotzt und hab' sie noch mehr gehaßt. Ich bring' sie um, dachte ich immer wieder.

Bis mir klar wurde, daß das wirklich die einzige Lösung war.«

Ist ein Mann ins Wasser gefallen,
hab ihn hören plumpen.
Hab gmeint, es wär ein großer Mann,
wars ein kleiner Stumpen.

Bella Block stand neben dem Fahrstuhl und wartete. Der Kopf tat ihr weh, weil sie am Abend zuvor zu viel Wodka getrunken hatte. Die Füße taten ihr weh, weil sie unbequeme Schuhe anhatte. Zwischen dem Zustand ihres Kopfes und dem ihrer Füße gab es einen mittelbaren Zusammenhang. Sie hatte den vergangenen Abend damit verbracht, in Gedichten ihres unehelichen Großvaters zu lesen, was regelmäßig ein fürchterliches Besäufnis zur Folge hatte, wie immer ausgelöst durch die Zeilen:

»... wie sie da liegt... Hurengeschmeiß
Dich Aas macht auch der Schnee nicht keusch.«

Am Morgen hatte sie, noch immer benebelt, ihre Schuhe nicht finden können. Die Notlösung, um nicht zu spät zu kommen, war knallrot und hatte Vierzehn-Zentimeter-Absätze.

Scheiße, murmelte sie vor sich hin.

Es war unklar, ob damit der Zustand ihres Kopfes,

der ihrer Füße oder die Montagsmorgensitzung gemeint war, die sie erwartete. Die war eine der Neuerungen, die Kohlau, ihr neuer Vorgesetzter, eingeführt hatte. Die Montagsmorgenlage. Er nannte das tatsächlich so und mußte dabei mindestens eine Situation von Mogadischu-Ausmaßen im Kopf gehabt haben, sonst hätte er nicht so ein wichtigtuerisches Gesicht machen können, als er das Montagstreffen ankündigte.

Eine wöchentliche Lagebesprechung hatte es auch vorher schon gegeben. Neu eingeführt hatte Kohlau einen Teil, der politische Information genannt wurde. Er war der Meinung, daß ein Kriminalbeamter nur wirklich gut sein könne, wenn er über politische Zusammenhänge genau informiert sei. Die tatsächliche Folge der Neuerung war, daß sie sich jeden Montag einen Lagebericht anhören mußte, der es an Unschärfe der Analyse mit jedem Biertisch-Politologen hätte aufnehmen können. Die Füllwörter der letzten Sonntagsabendnachrichten kehrten darin ebenso unvermeidlich wieder, wie der Montagsmorgenkommentar der Bild-Zeitung.

Darüber, dachte Bella Block, während der Fahrstuhl sie in den ersten Stock transportierte, könnte ich noch hinwegkommen. Schlimmer ist der Teil, der sich an die Lage anschließt.

Kohlau wollte, daß diskutiert wurde. Sie wußte, daß keiner ihrer Kollegen sich für Politik interessierte, aber fast jeder für seine Karriere. Teil zwei der Montagsmorgenlage war also ziemlich bald zu der Veranstaltung geworden, die sie bei sich den Hahnenkampf nannte.

Wirklich, dachte sie, so ist es. Sie betreten, behüpfen, bekriechen, betorkeln die Arena, je nach Temperament, Alter und Intelligenz, scharren mit den Füßen den Sand weg, stellen, setzen, legen oder rollen sich in Positur und fangen an zu krähen. Es wird nicht diskutiert, sondern posiert. Diskussionspartner sind die, die sich als ebenbürtig, das heißt, als um den selben Sessel kämpfend betrachten. Alle anderen werden nur als Publikum wahrgenommen. Da ist zum Beispiel der junge Anwärter aus ihrer Abteilung, der offenbar wirklich Interesse an politischen Zusammenhängen hat. Ein paarmal hat er versucht, sich in den Hahnenkampf einzumischen. Jetzt hat er vorläufig aufgegeben. Sie haben ihm einfach nicht geantwortet.

Er tut mir leid, dachte Bella Block, während sie auf das Konferenzzimmer zuging.

Aber ein paar Jahre noch, und er macht mit, wie die anderen. Bis dahin hat er seine politischen Interessen garantiert gegen die Lust auf Karriere vertauscht. Dann ist er für die Lage ebenso gut präpariert wie seine Kollegen. Um Inhalte geht's doch nicht. Das ganze Theater ist so sinnlos, wie das Scharren von Hunden auf Beton, nachdem sie geschissen haben.

Sie öffnete die schwere, innen gepolsterte Tür und betrat den schmalen, langgestreckten Raum. Ihr Platz war in der Nähe der Tür, ein Platz, den sie sich schon vor Jahren mit Ausdauer und Geschick erkämpft hatte. Von hier war ein guter Überblick über die Arena möglich, und sie konnte, wenn es gar nicht mehr auszuhalten war, ohne viel Aufhebens zwischendurch den Raum für ein paar Minuten verlassen. Fast alle hatten ihre Plätze eingenommen. Es fehlten der junge Kollege und Kohlau selbst. Beide kamen kurz nach ihr.

Kohlau hüpft in die Arena, während Beyer kriecht, dachte Bella.

Und jetzt werde ich mich anderen Dingen zuwenden. Es muß ja nicht sein, daß ich Kohlau dabei zuhöre, wie er den Haufen Mist produziert, auf dem er in zwanzig Minuten krähend und flügelschlagend sitzen wird.

Während sie nach dem Block griff, fiel ihr Blick auf den jungen Beyer. Sinnend sah sie ihn an, als sie langsam die Kappe des Füllers abschraubte.

Ich bin ungerecht, dachte sie.

Natürlich kriecht er nicht, noch nicht. Er hat sogar einen ziemlich aufrechten Gang. Wahrscheinlich treibt er mit Vergnügen Polizeisport.

Eigentlich gefiel ihr das an ihm, auch wenn sie im allgemeinen Sport treibende Leute nicht ausstehen konnte. Für Bella gab es nur zwei Sorten von Menschen, die Sport trieben. Die mit dem gesunden Geist im gesunden Körper, die ihr immer äußerstes Unbehagen bereiteten. Und die mit dem ungesunden Geist im gesunden Körper, vor denen sie sich ekelte. Die meisten Polizisten gehörten nach ihren Erfahrungen der zweiten Gruppe an.

Und Beyer? Vermutlich keiner, dachte sie. Er hat etwas ausgesprochen Nicht-Polizistisches an sich. Intelligent, eher sanfte Stimme und ein hübsches Lächeln...

Sie lächelte zurück, auf ganz vorsichtige Weise nur mit den Augen. Unterm Tisch zog sie die drückenden Schuhe aus. Manche Männer sind von hinten wunderschön, dachte sie. Beyer wird dazu gehören mit seinen langen Beinen und dem kleinen Hintern.

Sie nahm endgültig ihren Block und begann, sich Notizen zu machen für das Gespräch mit dem Staatsanwalt, das sie für den Nachmittag verabredet hatte.

Als sie damit fertig war, hatte Kohlau gerade erst seine einführenden Worte beendet. Sie hätte nicht sagen können, ob es dabei um den Golfkrieg, den Krieg in Afghanistan oder den jüngsten Bandenkrieg auf der Reeperbahn gegangen war. Das Wort Krieg war jedenfalls mehrmals wie eine Beschwörungsformel darin aufgetaucht. Als erster, er war in den letzten Minuten schon unruhig geworden aus Angst, es könne ihm jemand zuvorkommen, meldete sich einer der älteren Kollegen zu Wort. Sie wußte, was jetzt kam, nämlich ein Ko-Referat zu dem gerade von Kohlau beendeten Vortrag. Dieser Kollege hatte damit gerechnet, und einige andere auch, selbst auf den Sessel zu gelangen, auf dem Kohlau jetzt saß. Daraus war nichts geworden, und so begann jeder Montagmorgen mit einer ausführlichen Wortmeldung seinerseits, in der er, inhaltlich nichtssagend, etwa eine Viertelstunde bewies, daß er auch etwas zu sagen hatte. Das ging schon so über vier Monate. Ein Ende war nicht abzusehen. Der stark ritualisierte Ablauf der Konferenz begünstigte sein Verhalten.

Bella Block, die nicht jedesmal den Raum verlassen

wollte, hatte sich nach ein paar Wochen ein Spiel ausgedacht, um ihre Langeweile zu bekämpfen. Sie nahm einen leeren Bogen, schrieb darauf irgendein Wort und begann, aus den Buchstaben des Wortes neue Wörter zu bilden. Es war erstaunlich, wie viele neue Gebilde man bei gründlichem Nachdenken aus so unscheinbaren Wörtern wie Riesenrad oder Tomatenmark gewinnen konnte. An diesem Morgen versuchte sie sich an Mondgesicht und Pampelmuse, wobei die Auswahl der Wörter damit zusammenhängen mußte, daß sie noch immer nicht wußte, wem von beiden Kohlau ähnlicher sah.

Mondgesicht		Pampelmuse	
Mond	Gesicht	Ampel	Sau
sein	seht	Muse	Mal
ich	mein	es	Summe
die	nie	am	Saum
Dom	mit	Mus	Maul
Heim	Gischt	Pups	Lappe
Eis	Sonde	Esel	Mappe
es	ein	Palme	um
Ton	sie	Mulm	Laus
Gicht	Tod	Lampe	Suppe
Mensch		Lupe	Summe
		Puls	Pampe
		Maus	aus

Es konnte passieren, daß sie beim Nachdenken den jeweils krähenden Gockel aufmerksam-sinnend anstarrte. War ihr eine neue Kombination eingefallen, so beugte sie sich über den Bogen, wie um sich eine kurze Notiz zu machen. Manchmal geschah es, daß sie beim Wiederaufblicken einen Ausdruck im Gesicht des Redners entdeckte, der Zufriedenheit darüber widerspiegelte, daß sie seine Ausführungen wichtig genug nahm, um sich Notizen zu machen. Dann unterbrach sie ihre Spielerei sofort. Um nichts in der Welt wollte sie dazu beitragen, das Selbstbewußtsein ihrer Kollegen dadurch noch zu heben, daß sie als einzige Frau in der Runde aufmerksam an ihren Lippen hing.

Erst beim Teil drei der Lage war sie wieder dabei. Kurz zusammengefaßt teilten die Kollegen jeweils den Stand ihrer Ermittlungen mit. Auch sie sagte ein paar Worte zu der Kindesmißhandlung, mit der sie befaßt war. Damit war die Veranstaltung beendet.

Als sie das Zimmer verlassen wollte, rief Kohlau sie zurück. Er machte das jedesmal mit irgendeinem von ihnen. Bella hatte sich schon gefragt, weshalb sie in den Monaten, seit sie hier war, noch nie zurückgehalten worden war.

Jetzt also, dachte sie.

Frau Block, ich habe Ihre Arbeit beobachtet und bin sehr zufrieden mit Ihnen.

Arschloch, dachte sie, ich weiß selbst, daß ich gut bin. Sie sagte nichts.

Es gibt da einen interessanten Fall – mein Gott, wie er das sagt! Interessanten Fall! Wir haben hier nur mit Dreck zu tun, hat er das noch nicht gemerkt? – wissen

Sie, ich habe eine Theorie, über die ich mit Ihnen noch nicht gesprochen habe. Wir sollten das bei der nächsten Lage nachholen.

Ja?

Ich will's kurz machen. Ich bin der Meinung, daß es keine Selbstmorde gibt, oder doch nur in den allerseltensten Fällen. In den meisten Fällen handelt es sich um geschickt vertuschten Mord.

Heiliger, dachte Bella, was habe ich getan, um mir ein Gespräch mit diesem Dummkopf einzuhandeln? Allein diesen Mann zum Vorgesetzten zu haben, wäre schon ein hinreichender Grund, sich umzubringen.

Ja?

So dumm war Kohlau nicht, um ihr höflich-distanziertes Interesse falsch zu deuten. Sein Ton wurde unpersönlicher.

Ich sagte ja, ich will es kurz machen. Hier ist ein anonymer Brief aus Roosbach.

Er begann, in seinen Unterlagen zu kramen, konnte aber den Brief nicht finden. Bella wartete schweigend. Die Sucherei wurde ihm peinlich.

Jedenfalls, im letzten Jahr haben sich dort zwei Leute umgebracht: Eine Frau hat sich auf ihrem Dachboden erhängt, ein Mann sich in seinem Wagen mit Abgas vergiftet. Der oder die Briefschreiber behaupten nun, es sei in beiden Fällen Mord gewesen. Fahren Sie hin und klären Sie die Umstände. Den Brief schicke ich Ihnen, sobald mein Vorzimmer ihn wiederfindet.

Vorgesetzte, die ihre Schlampereien auf Untergebene

abschoben, liebte Bella besonders. Sie überlegte. Einerseits sollte die Sache offenbar nur wegen einer lächerlichen Marotte von Kohlau aufgegriffen werden. Es war absolut unüblich, sich ohne Not, und das hieß ohne Anzeige oder Aufforderung des Staatsanwalts, um irgendeinen Fall zu kümmern. Dazu waren sie zu wenig Beamte. Anonyme Briefe waren ziemlich häufig und galten nur sehr selten als Grund, Ermittlungen aufzunehmen. Sie wurden in der allgemeinen Abteilung der Reihe nach abgeheftet, und ihre Funktion bestand darin, gelangweilten Polizeianwärtern die langen Nachmittage durch lustige Lektüre zu verkürzen. Vor ein paar Jahren hatte ein ziemlich helles Bürschchen dabei die Lösung für einen Frauenmord gefunden, mit dem die Kollegen seit Monaten beschäftigt gewesen waren. Das hatte eine Anordnung zur Folge gehabt, die besagte, daß jede anonyme Anzeige sogleich verfolgt werden müsse. Wie viele andere Anordnungen war auch diese ziemlich bald vergessen worden, einfach aus Zeitmangel.

Sie hätte ohne weiteres ablehnen und ihre Ablehnung mit Arbeit begründen können. Die Sache wäre erledigt gewesen. Aber sie hatte ein Ferienhaus in Roosbach, wovon Kohlau nichts wußte, und sie liebte die Gegend sehr. War das nicht eine Chance, einige Tage Urlaub zu machen, den Montagslagen und den Hähnchenkämpfen zu entgehen? Sie könnte heute nachmittag ihre Ermittlungen in dem Kindesmißhandlungsfall dem zuständigen Staatsanwalt übergeben. Die Sache war für sie sowieso abgeschlossen. Die übrigen Sachen würde sie auf Termin legen und morgen früh nach Roosbach fahren. Bella Block sagte zu.

Als sie den Raum verließ, spürte sie Kohlaus Blick in ihrem Rücken. Sie konnte sich ungefähr vorstellen, was er über sie dachte, während sie die Tür so hinter sich schloß, daß er als letztes ihr linkes Bein, freigelegt durch einen etwas zu hohen Rockschlitz und besonders angepriesen durch die unmöglichen Schuhe, entschwinden sah. Er hätte sie gern kleingekriegt, »gehabt«, wie sie unter sich sagten. Und er wußte nicht, wie er es anstellen sollte. Ihre Person und ihre Personalakte flößten ihm zu viel Respekt ein. Bella war Anfang Fünfzig, wog 150 Pfund, was trotz ihrer Größe von 175 cm durchaus den Eindruck »rund« hinterließ. Ihr unehelicher Großvater war ein ziemlich berühmter russischer Dichter gewesen. Diese Tatsache hatte ihr, außer einer großen Liebe für die Poesie, eine komplizierte Biografie und deutsche, russische, italienische und spanische Sprachkenntnisse eingebracht.

Sie war verheiratet gewesen, hatte kurze graue Haare und lebte allein. Kinder hatte sie nicht. Sie hielt sie für überflüssig in ihrem Leben. Hin und wieder und dann für kurze Zeit hatte sie einen Freund. Sie hatte nicht unbedingt etwas gegen Männer, aber viel gegen lächerliche oder ärgerliche Verhaltensweisen, weshalb ihre Freundschaften nie lange dauerten. Bei ihren männlichen Kollegen war sie nicht besonders beliebt. Sie war klug und unfähig, sich auf die dreckigen Witze einzulassen, die unter ihnen üblich waren. Die Frauen an den Schreibautomaten verhielten sich ihr gegenüber distanziert-freundlich. Zu Anfang war es, als warteten sie auf etwas Konkretes, irgendeine unangenehme Eigenschaft vielleicht, um der Ablehnung ihrer Person eine Begründung geben zu können. Dieses Etwas war aber nie aufgetaucht. Und so war das freundlich-distanzierte Verhältnis zur üblichen Umgangsform zwischen ihnen geworden.

Das Haus in Roosbach hatte sie vor sechs Jahren geerbt. Es war in einem ziemlich baufälligen Zustand gewesen, und sie hatte lange überlegt, ob sie die Erbschaft annehmen sollte. Sie fürchtete die viele Arbeit, denn sie war von Natur aus faul. Fast schon hatte sie ablehnen wollen. Und dann hatte sie am Giebel des Hauses, verdeckt durch rissige Farbe, den Spruch entdeckt, und ihre Entscheidung hatte festgestanden. Sie wollte das Haus bewohnen.

Nachdem die notariellen Formalitäten erledigt gewesen waren, war sie ins Dorf gefahren und hatte eine lange Liste aufgestellt, was alles zu tun war, um das Haus nach ihren Vorstellungen bewohnbar zu machen. Aber als erstes war sie in den verwilderten Garten gegangen, um den Spruch an der Giebelwand noch einmal zu lesen.

> Wo sind denn unsre Häuser
> sie wurden als die Reiser
> verzehret durch die Glut.

Wir suchen aller Wegen
wo wir doch bleiben mögen
gleich wie ein armer Fremdling tut.
Man höret auf den Gassen
von denen die verlassen
ein häßlich Angstgeschrei –

und auch wenn der Vers hier abbrach, weil die Giebelwand zu Ende war: Die ihn ausgesucht hatten vor fast 200 Jahren mußten auf ihre Art etwas von Poesie verstanden haben und von Unbotmäßigkeit. An allen anderen Giebelwänden in der Gegend wurde Gott gelobt oder gefürchtet. An diesem nicht. Sie würde sich hier wohl fühlen.

Mit Hilfe ihrer jeweiligen Freunde hatte sie das Haus dann in den letzten Jahren wieder hergerichtet. Das hatte ihr einerseits die Hochachtung der Dorfbewohner eingetragen, die schwere Arbeit zu schätzen wußten und sich über den Schandfleck im Dorf schon lange geärgert hatten. Andererseits spürte sie auch das Mißtrauen, das ihr noch immer entgegengebracht wurde. Sie war nicht sicher, ob das mit ihrem Beruf zusammenhing – sie hatte von Anfang an nicht verschwiegen, daß sie Polizistin war – oder mit der Tatsache, daß ihr jedes Jahr ein anderer Mann beim Renovieren geholfen hatte. Aber im Grunde war ihr das egal.

Bevor sie fuhr, hatte sie allerdings noch das Problem zu lösen, das in ihrem Bett lag. Sie beschloß, damit keine Zeit zu verlieren. Der Telefonhörer war kalt an ihrem

Ohr und schon warm, als am anderen Ende abgehoben wurde.

Es gibt kein Glück auf der Welt, es gibt nur Frieden und Freiheit.

Das war ein Zitat aus der Puschkin-Gedenkrede ihres unehelichen Großvaters, 1921 gehalten.

Und deshalb, mein Lieber, sei lieb, räum schön auf und verlaß mich. Ich muß allein sein, wenn ich nach Hause komme.

Die Rede hatten sie in der Nacht zusammen gelesen. Trotz ihres alkoholisierten Zustandes war ihr aufgefallen, daß er ein paarmal falsche Stellen betont hatte. Da nützte es auch nichts mehr, daß er später ihre richtigen Stellen fand. Er war erledigt.

Als sie nach Hause kam, war er tatsächlich verschwunden. Die Wohnung war aufgeräumt, die Kaffeemaschine gefüllt, auf dem Eßtisch stand eine dunkelrote Rose. Sie stellte die Kaffeemaschine an und warf die Rose in den Mülleimer. Ab sofort hatte sie Frieden und Freiheit, jedenfalls für ein paar Tage.

Willst du mit nach Rommelskirchen?
Der Weg dahin geht krumm.
Wo siebzehn Bauern saßen,
die die achtzehn Schinken fraßen:
Willst du mit, so komm!

Während Bella Block am nächsten Morgen im Auto saß und nach Roosbach fuhr, überlegte sie, weshalb sie von den Selbstmorden nichts gewußt hatte und ob sie die Toten gekannt haben konnte.

Dunkel erinnerte sie sich, daß die Nachbarin ihr im letzten Sommer etwas von zwei verwaisten Kindern erzählt hatte. Die Geschichte hatte sie nicht weiter interessiert. Sie hatte sie vergessen. Und im Winter war sie diesmal gar nicht draußen gewesen. Ihre Arbeit hatte sie zu sehr in Anspruch genommen.

Wer waren die Toten? Sie kam zu keinem Ergebnis. Außer zwei Zeitungsausschnitten hatte Kohlau ihr keine Anhaltspunkte geben können. Der Brief, den sie gern gesehen hätte, war nicht aufzufinden gewesen. Er sollte ihr nachgeschickt werden. Natürlich hätte sie in der Redaktion der Lokalzeitung anrufen können oder beim örtlichen Polizeiposten, den sie flüchtig kannte. Sie hatte darauf verzichtet, denn sie war davon überzeugt, daß es sich um Selbstmord handelte, und hatte keine Lust, sich durch überflüssige Besuche eines aufgeregten Lokalreporters stören zu lassen. Das Protokoll des Polizisten würde sie bei Gelegenheit einsehen. Sie war allerdings nach ihrem Besuch beim Staatsanwalt noch in die Polizeibibliothek gegangen. Im Katalog waren tatsächlich mehrere Titel zum Thema Selbstmord verzeichnet gewesen, aber sie waren fast alle unterwegs.

Vielleicht ist eine Epidemie ausgebrochen, hatte sie gedacht. Dann war ihr eingefallen, daß sie mal irgendwo gehört hatte, gerade unter Polizisten sei die Selbstmordrate sehr hoch.

Offenbar gehen sie jetzt ihr Problem streng wissenschaftlich an, hatte sie gut gelaunt überlegt, die zwei übriggebliebenen Titel genommen, obwohl sie sicher war, damit nichts anfangen zu können, und war nach Hause gefahren.

Jetzt fuhr sie durch Uelzen und ärgerte sich wie immer. Hier lebte Christa Mewes, die sich als Kinderpsychologin bezeichnete und damit beschäftigt war, dem weiblichen Teil der Nation ein schlechtes Gewissen einzureden. Sie hielt diese Frau für eine äußerst unangenehme Zeitgenossin, seit sie einmal bei einer Podiumsdiskussion mit ihr zusammengestoßen war. Die Kinderwagen-schiebenden, Kinder-im-Bauch-vor-sich-hertragenden, Kinder-hinter-sich-her-zerrenden, arbeitslosen jungen Frauen, die die Einkaufsstraße jetzt am Vormittag bevölkerten, erschienen ihr wie eine Illustration der Wirksamkeit konservativer Familienpolitik, deren Kehrseite die Kindesmißhandlungen waren, mit denen sie zu tun hatte. Sie zwang sich, an etwas anderes zu denken, um ihre gute Laune nicht zu verlieren.

Es kam selten vor, daß sie schon vormittags in Roosbach ankam. Sie freute sich auf den sommerlichen Garten, den Anblick der von Clematis fast verdeckten Haustür, dachte an die Fensterscheiben, die endlich geputzt werden mußten, und fand alles genauso vor, wie sie es sich vorgestellt hatte. Vielleicht war der Schweinestallgeruch etwas stärker als sonst. Sie hatte den Eindruck, daß er sogar ins Haus eingedrungen war.

Das ganze Dorf stinkt nach Schweinestall, dachte sie bei ihrem ersten Rundgang durch den Garten. Jetzt, am späten Vormittag, war es hier absolut still. Es war die Zeit kurz vor der Ernte, der Lärm der Mähdrescher war noch nicht zu hören.

Mein Gott, was für eine Idylle, dachte sie, als ihr das Büro einfiel, in dem sie jetzt eigentlich gesessen hätte. Wenig später ging sie die wenigen Schritte bis zur Telefonzelle, rief in der Zentrale an und bat, Kohlau ihre genaue Adresse durchzugeben: Roosbach, Haus Nr. 5. Auf dem Rückweg ging sie an ihren Wagen und nahm die Pistole aus dem Handschuhfach. Im Haus legte sie sie in die Schreibtischschublade.

Wenig später lag sie im Liegestuhl auf der Wiese, ein Glas Wodka-Orangensaft neben sich. Wenn sie von ihrem Buch aufsah, fiel ihr Blick auf Gerstenfelder und friedlich weidende Kühe.

Nichts, dachte sie, wird mich hier stören, nicht einmal der Geruch nach Schweinestall.

Ninne, ninne, sause
der Tod steckt hinterm Hause.
Er hat ein kleines Körbelein,
da steckt er die bösen Kinder rein.
Die guten läßt er sitzen
und kauft ihnen rote Mützen.

„Eia, eia, hängt so fein, am Strick am Strick, am Bändelein …

Das ist mir eingefallen. Ich hab' es den ganzen Tag leise vor mich hin gesungen. Manchmal hab' ich eine Pause gemacht. Dann bin ich ans Fenster gegangen. Drüben lag ihr Hof. Ich konnte sie sehen, wenn sie in den Stall ging. Dann fing ich wieder an zu singen, ganz automatisch, und es ging mir besser. Ich hatte Angst, daß die anderen sie besuchten, obwohl ich doch wußte, daß das nicht üblich war. Deshalb mußte ich immer wieder zu ihr hinübersehen, aber dort war alles wie sonst. Morgens hat sie die Kinder an den Schulbus gebracht. Da war sie schon im Stall gewesen. Meistens ging sie dann in die Küche und trank ihren Kaffee, und dann war sie im Garten. Die Bohnen waren reif, auch die Johannisbeeren. Sie hatte genug zu tun, bis die Kinder wieder da waren. Dann hat sie ihnen Essen gegeben. Bei den Schularbeiten hat sie dabeigesessen. Nachmittags war sie wieder in der Küche. Auf der Bank vor dem Haus hat sie nur noch einmal gesessen. Das war, bevor ich anfing, mich ihr zu zeigen. Ich hab' den Ton noch im Ohr, wie sie abends ihre Kinder rief. Die sind jetzt bei Verwandten, heißt es. Ich wußte nicht, wie ich es anstellen sollte. Sie war kräftig, und ich wollte auch nicht, daß mir jemand drauf kommt. Also stand ich hinter dem Fenster und beobachtete sie, aber nur das Lied fiel mir ein. Am dritten Tag bin ich ans Hoftor gegangen, als die Kinder weg waren. Ich sah, wie sie sich erschrocken hat. Ich weiß nicht, warum. Ich hab' nur ein bißchen den Rock hochgehoben und sie angelacht. Ihr ist die Schüssel mit den Johannisbeeren aus der Hand gerutscht und auf den Steinboden gefallen. Es war eine Emailleschüssel, das klingt nicht schön, und unten muß ein Stück abgeplatzt sein. Als sie die Johannisbeeren aufgesammelt hatte, blieb ein Fleck zurück, der sah aus wie Blut. Ich bin weitergegangen, aber jetzt wußte ich, was ich zu tun hatte, jedenfalls die nächsten Tage. Ich habe den Schlauch von unserem Entsafter abgemacht, das war ein hellroter, dünner Gummischlauch. Am Nachmittag, als ihre Kinder auf der Straße spielten, habe ich sie gerufen und ihnen den Schlauch gegeben. Sie sollten ihre Mutter fragen, ob sie einen neuen Schlauch für mich hat. Die Kinder sind an diesem Tag nicht wieder auf die Straße gekommen. Aber sie hab' ich gesehen, am Küchenfenster, und hab' ihr zugelächelt. Da hat sie die Gardine vorgezogen. Aber ich wußte schon, daß sie sie wieder aufziehen würde, sie konnten ja nicht den ganzen

Nachmittag im Dunkeln sitzen. Einen Hund hatten sie nicht. Ihrer ist im letzten Sommer beim Wildern erschossen worden. Deshalb konnte ich nachts auf den Hof gehen. Ich hab' mit Kreide ein Schwein auf ihre Stalltür gemalt. Am Morgen stand ich am Fenster und hab' sie beobachtet. Es war gut zu sehen, wie sie sich erschrocken und schnell zu mir rübergesehen hat. Ich habe ihr zugewinkt. Ich durfte sie nicht wütend machen, sie sollte nur Angst haben. Vor Schweinen habe ich nie Angst gehabt, nur vor dem Eber. Mit dem Geruch von Schweinestall bin ich aufgewachsen. Seit sie das mit mir gemacht haben, riecht das Dorf ständig nach Schweinestall. Mir wird übel davon, und ich wollte, daß ihr auch übel wird. Das ist mir sehr schwergefallen, es war fast das Schlimmste. Schweinemist kann man hier überall haben. Als ich mit der Karte neben der Stalltür stand, ich wollte den Mist aus seinem Stall holen, er sollte dabei einen Blick auf mich werfen und merken, daß alles in Ordnung ist, da wurde mir übel und ich hab' an die Stallwand gekotzt. Es war aber nur seine Frau da. Die hat auf den großen Ausschnitt meines Pullovers gesehen, der für ihren Mann bestimmt war. Den hab' ich bei der Würgerei verschoben, so daß nichts mehr zu sehen war. Den Mist hab' ich bekommen, und die eine Hälfte davon hat am Morgen vor ihrer Haustür gelegen. Die Kinder sind reingetreten. Sie mußte sie umziehen, deshalb haben sie den Bus verpaßt. Sie hat sie dann in die Schule gefahren, und ich habe den Rest von dem Mist in ihr Schlafzimmerfenster geschaufelt, das stand offen. Ich hab' dabei so gewürgt, daß ich mich auf mein Bett legen mußte, weil ich ganz schwach war. Mein Fenster hab' ich offengelassen. Ich wollte hören, wie es ihr geht, wenn sie zurückkommt. Es blieb aber alles still.

Es war ein schöner Sommer, aber ich war immer nur drinnen, wenn ich nicht mit ihr zu tun hatte. Meistens hab' ich auf dem Bett gelegen und daran gedacht, was sie mit mir gemacht haben. Ich konnte nicht anders. Und immer fing ich an zu würgen. Wenn ich gesungen habe, war es besser. Eie, eia, hängt so fein, am Strick, am Strick, am Bändelein... aber ich wußte noch immer nicht, wie ich es machen sollte. Es mußte aber bald sein. Lange konnte ich ihr nicht mehr angst machen. Sie fing an, sich daran zu gewöhnen, und bald würde sie anfangen, über die Verrückte zu lachen, zusammen mit den anderen. Bisher hatten sie sich nicht getroffen. In so einem kleinen Dorf bleibt ja nichts verborgen, nicht einmal, wenn man es darauf anlegt. Durch das Gewitter bin ich auf die Idee gekommen, wie ich es machen muß, daß sie verschwindet. Die Hitze war unerträglich geworden. Der Schweinegestank war nicht mehr auszuhalten. Seit Tagen wehte kein Lüftchen. Phlox und Dahlien und Rittersporn und Margeriten blühten wie wild, aber ich dachte, daß selbst die Blumen nach Schwein riechen müßten, und lag nur noch auf dem Sofa in der Küche und würgte. Ich hatte keine Kraft mehr, sie zu erschrecken. Mir fiel nichts mehr ein. Zuletzt hatte ich ihr nur noch mit der Faust gedroht, und sie hatte mich gar nicht mehr beachtet. Ihre Kinder hatte sie in die Ferien geschickt. In diesem Sommer war sie weniger im Garten als sonst, aber sie machte ihre Arbeit im Stall und im Haus wie immer. Als der Sturm losbrach, bin ich aufgestanden und habe mich ans Fenster gestellt. Ein paar Dachziegel knallten auf ihren Hof, und dann deckte der Sturm ein ganzes Stück vom Stalldach ab. Und da wußte ich plötzlich – ich sah sie auf den Hof laufen – da wußte ich, was ich zu tun hatte. Es fing an zu regnen, und ich sah sie während des Regens ins Auto springen und wegfahren. Sie würde bald zurück sein, die Sachen, die sie brauchte, gab's im Nachbardorf. Ich nahm ein Stück von der blauen Plastikwäscheleine und lief hinüber. Ihr Stall ist ein alter Fachwerkschuppen, sie hatte Heu drin. Es war einfach, unter das Dach zu kommen. Ich hab' die Leine festgemacht und mich in das Heu gesetzt und gewartet. Sie kam zurück. Ich konnte sie nicht sehen, aber den Wagen habe ich gehört. Als sie in den Stall kam, hatte sie eine Tüte in der Hand. Sie lief direkt auf die Leiter zu. Im Laufen zog sie aus der Tüte ein Stück Plastikplane. Damit stieg sie die Leiter hoch und rutschte auf dem Deckenbalken langsam bis zu der Stelle,wo der Regen in das Dach stürzte. Sie rutschte direkt auf mich zu, aber rückwärts, das war mein Glück. Sie saß auf dem Balken und versuchte, die Plane an den Spanten festzumachen. Es regnete direkt auf das Heu. Es war ganz einfach. Ich mußte nur auf den Balken hinter sie treten, die Plastikleine um ihren Hals werfen und ihr einen Stoß geben. Sie fiel sofort vom

Balken, weil sie nicht damit gerechnet hatte. Auch der Schrei war nur ganz kurz. Einen Moment hatte ich Angst, daß der Knoten aufgehen würde. Plastik läßt sich schlecht knoten. Ich bin zurück auf das Heu. Es hat eine Weile gedauert, bis sie ruhig hing. Ein Schuh fiel auf den Boden und ein paar Tropfen Wasser, das muß aus ihren Kleidern gekommen sein. Sie war ganz naß. Das Wasser war aber nicht lange zu sehen, denn der Regen stürzte immer noch durch das Dach, und die Pfütze auf dem Fußboden wurde größer und größer. Von unten habe ich sie mir noch mal angesehen. Ich glaube, sie war schon tot, jedenfalls sah sie nicht so aus, als wenn sie mich gesehen hätte. Ich bin dann durch den Regen über ihren Hof gegangen. Ich glaube nicht, daß mich jemand gesehen hat. Der Regen hat bald aufgehört. Auch der Schweinegestank war weg.«

Kling, Klang, gloriam
die Sau, die hat den Chorrock an.

Bella Block hatte den ganzen Tag auf dem Liegestuhl zugebracht, zeitweise damit beschäftigt, eines der beiden Bücher, die sie aus der Bibliothek mitgenommen hatte, einen ziemlich umfangreichen »Diskurs über den Freitod«, zu lesen. Am späten Nachmittag verschwand die Sonne hinter den riesigen Eichen, die zwischen ihrem und dem Nachbargrundstück die Begrenzung bildeten. Sie beschloß, unter die Dusche zu gehen.

Während lauwarmes Wasser auf ihre Haut prasselte und die durch die Hitze und den Wodka verursachte Schläfrigkeit wegspülte, dachte sie über das Buch nach. Sie glaubte, eine merkwürdige Koketterie hinter all den klugen Überlegungen zu spüren, die doch nur darauf hinausliefen, daß man nicht leben muß, nur weil man lebt. Es schien ihr, als habe der Autor beim Schreiben ständig in den Spiegel gesehen, um dort ein edles, bleiches Antlitz, auf dem der Ausdruck letzter Entschlossenheit lag, zu bewundern. Sie selbst hatte die Erfahrung gemacht, daß Selbstmörder nichts weiter waren als jämmerliche, elende Ausbunde an Verzweiflung. Sie wußte, es war genußvoll in den Feuilletons darüber berichtet worden, daß der Autor seine Überlegungen schließlich in die Tat umgesetzt hatte. Aber nicht einmal das nötigte ihr Hochachtung ab. In manchen Dingen war sie altmodisch, und in diesem Fall schien es ihr, als sei die Würde des Todes dadurch mißachtet worden, daß dieser Mann seine Unfähigkeit zu leben kokett in einem Buch demonstrierte, um dann schließlich seinem atemlos lauschenden, sensationslüsternen Publikum den Gefallen zu tun, sich umzubringen.

Sie sind eitel, genau in dem Ausmaß, wie sie es uns zuschreiben, dachte sie, und weil sie inzwischen vor dem Badezimmerspiegel stand und die kurzen, grauen Haare trockenrieb, fiel ihr ein, daß alle ihre Männer morgens mehr Zeit im Badezimmer verbracht hatten als sie, obwohl es doch eine Unmenge Witzchen und Anekdötchen über sich putzende, stundenlang das Bad besetzt haltende Frauen gab.

Es war Zeit, etwas zu essen. In den Kühlschrank zu sehen erübrigte sich, es war nichts drin. Jedenfalls nichts Eßbares.

Also in die Kneipe, überlegte sie. Das war im Grunde gar nicht so schlecht, denn mit ein bißchen Geschick würde sie das Gespräch vielleicht auf die Selbstmorde bringen, ein paar Hintergrundinformationen bekommen und sich einbilden können, daß sie heute gearbeitet hätte. Sie zog ein paar alte, verbeulte Hosen an und ein kariertes Oberhemd, das einer ihrer Freunde vergessen hatte. Es hatten sich in den sechs Jahren, seit sie das Haus besaß, ein ganzer Haufen ehemaliger Lieblingssachen hier angesammelt, die in der Stadt nicht mehr zu gebrauchen waren. Die Füße steckte sie in ausgetretene Sandalen, nahm die Geldbörse in die Hand und zog die Haustür hinter sich ins Schloß. Das Abschließen war unnötig.

Bis zur Kneipe waren es etwa fünfhundert Meter. Jetzt gegen Abend waren keine Autos mehr unterwegs. Das Korn auf den Feldern bewegte sich leicht im Wind, neben der Straße standen Büsche mit weißen und roten Johannisbeeren, und der Waldrand war ein blauschwarzer Schatten. Hinter Eichen und niedrigen Büschen leuchteten, vielleicht einen halbstündigen Fußweg entfernt, die roten Backsteinhäuser des nächsten Dorfes hervor. Es roch nach Getreide und Abendsonne. Bella Block fühlte sich wohl.

Die Kneipe war leer wie immer. Nur um den Tresen standen ein paar Männer, die gerade laut lachten, als sie die Tür öffnete und freundlich guten Abend wünschte. Der Wirt hinter dem Tresen hielt mit dem Lachen inne und grüßte zurück, aber es gelang ihm nur, die Lachtöne zu unterdrücken. Sein Gesicht, das rund und fett war, grinste weiter, so als habe er gerade einen umwerfend komischen Witz gehört und sei nicht imstande, in Gedanken davon abzulassen. Im Schankraum war es warm. Auch die geöffneten Fenster brachten kaum Abkühlung in die tagsüber angestaute Wärme. Die Männer schwitzten, ob von der Hitze oder vom schon reichlich genossenem Bier war unklar, wahrscheinlich von beidem. Nach dem Spaziergang durch die friedliche Abendlandschaft empfand Bella Block die Atmosphäre in der Kneipe als unangenehm. Die schwitzenden Männer, der abgestandene Biergeruch, das fette Grinsen des Wirts – am liebsten wäre sie wieder umgekehrt. Aber sie hatte Hunger, und ein paar Informationen brauchte sie auch. Also setzte sie sich an einen der leeren Tische, nachdem sie das übliche Bauernfrühstück und ein Glas Bier bestellt hatte.

Sie hätte gern gewußt, wer in der Küche das Essen zubereitete, aber sie hatte es in den sechs Jahren noch nicht herausbekommen. Der Vorgang war immer derselbe. Der Wirt schob den Zettel mit der Bestellung durch eine Klappe, durch die dann irgendwann das Essen zurückgeschoben wurde. Das war alles. Nie wurde dabei ein Wort gewechselt, weder hüben noch drüben. Zwar hätte sie den Wirt fragen können, aber eine unerklärliche Scheu hielt sie jedesmal davon ab.

Der Wirt hatte sich wieder den Männern am Tresen zugewandt. Sie sprachen leise miteinander, hin und wieder prustete einer los, war aber gleich wieder ruhig. Sie würde warten müssen, bis die Männer nach Hause gegangen waren, um mit ihm ein Wort zu reden. In der Woche blieben sie im allgemeinen nicht länger, als bis die »Tagesschau« anfing. Zwei Runden Bier und Korn waren sie schon vorangekommen, seit sie da war. Ihre Stimmen waren wieder lauter geworden. Sie hatte sich die Zeitung vom Tresen geholt. Die Männer beachteten sie nicht mehr. Dann sagte einer laut:

Die hat's auch nicht leicht, die Frau. Welcher Mann guckt da schon mal drauf.

Über den Zeitungsrand sah Bella Block auf den Sprecher. Er mochte etwa sechzig Jahre alt sein, war fett und klein und trug einen so unglaublichen Schweinskopf auf den Schultern, daß sie zweimal hinsehen mußte, um zu glauben, was sie sah. Einen Hals hatte der Kerl überhaupt nicht. Das Kinn war dafür dreifach vorhanden, die knallroten Ohren standen ab. Es fehlte nur die Zitrone in der Schnauze und hinter den Ohren Petersiliensträußchen. Die anderen nickten zustimmend.

Ja, da muß sie sich wohl ein bißchen anstrengen, wenn sie mal was Schönes erleben will.

Sein Nachbar rülpste laut, nachdem er den Satz mit Mühe herausgebracht hatte.

Ihr werdet es nicht glauben, aber neulich war sie..., der Wirt senkte die Stimme, nach wenigen Augenblikken grölten alle.

Nicht schlecht, der Schweinskopf grinste und der pickelige Knabe, der die ganze Zeit mit rotem Kopf dabeigestanden und nichts gesagt hatte, steckte die Hände in die Hosentaschen. Einen Augenblick war es ruhig. Die Männer glotzten in die vor ihnen stehenden Biergläser. Der pickelige Jüngling bewegte die Hände in den Hosentaschen. Dann verkündete der Schweinskopf, er müsse nach Hause.

Mutti wartet wohl sehnsüchtig mit dem Essen, was?

fragte der Wirt, und Bella Block wunderte sich, wie man einen einfachen Satz so anzüglich sagen konnte.

Soll sie ruhig warten, da wird die Suppe schön heiß.

Du wirst sie doch etwa nicht anbrennen lassen, Walter?

Durch das geöffnete Fenster sah sie die Männer langsam in Richtung des Dorfes gehen, nur der Knabe nahm den Weg in die Felder. Bis sie zu Hause waren, würde ihre Geilheit wieder verschwunden sein. Wahrscheinlich waren sie mit Landleberwurst und Spiegeleiern zufrieden. Und wenn nicht? Sie hatte nie verstanden, weshalb Frauen sich damit abfanden, daß Sexualität aus geilen, besoffenen Überfällen bestand, aus einer wüsten Rammelei und sonst gar nichts...

Der Wirt schien erleichtert, nachdem die Männer gegangen waren. Es begann ein Gespräch, aber die Klappe wurde geöffnet, das Bauernfrühstück erschien, und sie machte sich heißhungrig über das Essen her. Während sie aß, war es still in der Kneipe. Wie friedlich, dachte sie, Abendstille überall, nur am Bach die Nachtigall, und ein paar Rammler bei der Arbeit, wirklich friedlich.

Nach dem Essen setzte sie sich an die Theke und bestellte noch ein Bier. Der Wirt war gesprächig wie meistens. Sie redeten über alles mögliche, die bald beginnende Getreideernte, den Stand der Zuckerrüben, die nahe DDR-Grenze und den kleinen Grenzverkehr, und sie wußte nicht, wie sie das Gespräch auf die Selbstmorde bringen sollte. Schließlich entschloß sie sich, direkt zu fragen. Täuschte sie sich, oder wurde er wirklich blaß? Bella Block sah auf seine Hände, er war gerade dabei, ihr auf Kosten des Hauses ein neues Bier einzuschenken. Tatsächlich, seine Hände zitterten stärker als sonst. Er setzte das fast fertige Bier ab.

Moment mal, sagte er, und verschwand in der Küche. Es dauerte allerdings nicht lange, bis er wieder erschien und das Bierglas endgültig vollschenkte. Er bemühte sich, ruhig zu erscheinen, aber irgend etwas an ihm war verändert.

Nanu, doch ein Geheimnis, dachte sie ironisch. Dann hörte sie ihm zu. Er hatte eine umständliche Sprechweise, jedenfalls ihr gegenüber. Vorhin, im Gespräch mit den Männern, hatte sie nichts davon bemerkt. Während er sprach, versuchte er, seiner Stimme einen trauernden Unterton zu geben, schließlich hatte er die Toten gekannt, aber es gelang ihm nicht. Der Trauerton war unecht, und etwas anderes schwang in seiner Stimme mit, das Bella sich weigerte, als Angst zu erkennen.

Ja, sagte er. Sie war die erste. Sie kennen doch den Hof an der Straße, vielleicht haben Sie gesehen, daß er jetzt leer steht. Das war vor einem Jahr, war das. In ihrem Stall hat sie ihrem Leben ein Ende gesetzt, ich meine, hat sie sich aufgehängt. Wenn das harte Wort gestattet ist, aber es war ja wirklich so. Sie war wohl zu allein mit den Kindern. Und ich meine, was macht eine Frau allein?

Er sah aus dem Fenster in die beginnende Dunkelheit, und seine Stimme klang zugleich sentimental und anzüglich. In seinem Gesicht war ein Ausdruck von Furcht und Gier. Dann besann er sich und goß zwei Schnäpse ein.

Na, dann woll'n wir man noch einen trinken, sagte er und hob ihr sein Glas entgegen.

Bella hatte jetzt drei Bier und zwei Schnäpse getrunken. Die abgestandene Luft in dem Schankraum störte sie nicht mehr. Aus dem Fenster sah sie auf ein dunkelgoldenes Roggenfeld und den nachtblauen Himmel darüber. Ihre Haut spannte sich leicht von dem ungewohnten Aufenthalt in der Sonne. Es wäre ihr recht gewesen, dem Gespräch jetzt eine etwas privatere Wendung zu geben. Und es hätte auch nicht unbedingt bei einem Gespräch bleiben müssen. Aber ein gründlicher Blick auf den fetten, über die Hose hängenden Bauch des Wirts und sein Gesicht, das durch eine Beigabe von Sentimentalität jetzt noch abstoßender geworden war, beendete ihre Überlegungen sofort.

Wieso die erste? fragte sie.

Trotz ihres benebelten Zustands war ihr diese Formulierung des Wirts merkwürdig vorgekommen. Ihm jedoch anscheinend nicht, denn er erzählte völlig unbefangen über den zweiten Selbstmord, der sich vor ein paar Monaten zugetragen hatte. Überhaupt schien er jetzt wieder selbstsicherer zu sein. Dumm ist er nicht, dachte sie. Mein kurzer Anflug von Lust auf Zweisamkeit ist ihm nicht entgangen. Natürlich hat er ihn auf sich bezogen, und das hat ihm sein Selbstbewußtsein zurückgegeben.

Sie fing an, sich vor ihm zu ekeln. Seine Finger waren so fett, daß das Schnapsglas, das er zum drittenmal gefüllt hatte, fast zwischen den Wülsten von Daumen und Zeigefinger verschwand. Sie ließ ihr Glas stehen, als habe sie das Nachschenken nicht bemerkt, und kramte ihre Geldbörse aus der Hosentasche. Während der Wirt mühsam die Zeche zusammenrechnete, fiel ihr auf, wie still es war. Draußen bewegten sich jetzt nicht einmal die Ähren auf den Halmen, und hier, in der stickigen Gaststube, wurde die Stille nur unterbrochen vom Schnaufen des fettleibigen Wirts, der ihr beim Zusammenrechnen seine auch nicht gerade attraktive Kehrseite zugewendet hatte.

Wie immer war die Rechnung niedrig. Bella Block war froh, als sie vor der Tür der Kneipe stand. Der Wirt hatte sich aus dem Fenster gelehnt und sah ihr nach, wie sie langsam auf das Dorf zuging. Es roch nach Brennesseln. Als sie an dem leeren Hof vorbeikam, auf dem der erste Selbstmord geschehen war, blieb sie einen Augenblick stehen. In der Dunkelheit, die jetzt nur durch eine einzelne Straßenlaterne erhellt wurde, lag der Hof ausgestorben vor ihr. Morgen würde sie einen Blick in den Stall werfen, um Kohlau mit einer genauen Ortsbeschreibung zufrieden zu stellen.

Die wenigen Meter bis zu ihrem eigenen Haus ging sie schneller. Als sie die Gartenpforte erreichte, hörte sie, wie die Haustür über den Boden schrammte. Es war nur ein kurzes Geräusch, aber sie hatte es genau erkannt. Die alten Fliesen hinter der Tür hatten sich verschoben, und man mußte die Tür leicht anheben, wenn man sie öffnete oder schloß, um das Schrammen der Tür über den Fußboden zu vermeiden. Leise schloß sie die Gartenpforte hinter sich und ging bis zur Hausecke. Wenn jemand das Haus gerade verlassen hatte, hätte sie ihn sehen müssen. Trotz der Dunkelheit wäre eine Gestalt auf dem Rasen zu erkennen gewesen, sie nahm ja auch die Bäume als schwarze Schatten in der Dunkelheit wahr. Vielleicht war jemand ins Haus hineingegangen? Sie ging über den Rasen und beobachtete die Fenster. Nichts rührte sich, es wurde kein Licht angemacht, und auch der Lichtkegel einer Taschenlampe zeigte sich nicht. Sie dachte daran, daß die Nachbarin einen Schlüssel hatte, bis ihr einfiel, daß das Haus nicht abgeschlossen gewesen war. Langsam ging sie auf die Haustür zu. Wenn sie niemanden hatte weglaufen sehen, konnte es immerhin sein, daß noch jemand im Haus war. Schnell und ohne anzuheben stieß sie die Haustür auf, die wie gewohnt über den Boden schrammte. Das Geräusch, das der Türbalken auf den Fliesen machte, war so aufdringlich, daß es ihren Ohren weh tat. Wer immer auch hinter der Tür sitzt, dachte sie, gleich muß er hervorkommen, wenn er nicht zerquetscht werden will. Aber die Tür knallte gegen die Wand, ohne daß sie auf Widerstand gestoßen wäre. Nur einen Brocken Putz hörte sie auf den Fußboden fallen. Und dann doch neben sich ein Knacken im Gebüsch und hastige Schritte, die sich entfernten.

Natürlich, daran hatte sie nicht gedacht. In den hohen Büschen neben der Haustür konnte jemand sich gut verstecken. Irgend jemand war im Haus gewesen und hatte das Haus verlassen, gerade als sie das Gartentor schloß. Das Geräusch der zuschnappenden Gartenpforte hatte ihn gewarnt, er hatte sich neben der Tür im Gebüsch versteckt und abgewartet, bis sie das Haus betrat, um dann wegzulaufen. Sie hatte keine Lust, der Person zu folgen, die da eilig im Dunkeln verschwand. Statt dessen schloß sie die Tür hinter sich, knipste das Licht an und zog alle Vorhänge zu. Dann machte sie sich, immer noch leicht betrunken und deshalb besonders langsam und gründlich, daran, zu untersuchen, was der nächtliche Eindringling gesucht haben könnte. Es gab aber keine Spuren. Nichts fehlte, nichts war von seinem Platz genommen worden. Auf ihrem Schreibtisch lag der »Diskurs über den Freitod« noch da, wo sie ihn hingelegt hatte, daneben der Bleistift und ihr Kalender. Im Schreibtisch lag die Pistole. Erst am nächsten Tag würde ihr auffallen, daß ein anderes Datum aufgeschlagen war, aber dann würde sie nicht mehr wissen, ob sie das am Abend zuvor selbst gemacht hatte. Keine Spur also, die auf den Zweck des nächtlichen Besuchs schließen ließ. Bella Block schloß die Haustür ab, das erste Mal seit langem, öffnete die Fenster und legte sich ins Bett.

Sie dachte über den Abend nach, und ihr wurde klar, daß diese Sache sich nicht so einfach anließ, wie sie geglaubt hatte. In den hinter ihr liegenden zwanzig Dienstjahren hatte sie gelernt, auf die positiven oder negativen Gefühle zu achten, die sie bei der Übernahme eines neuen Falles entwickelte. In gewisser Weise hatte die Situation derer, die sie verfolgte, schon immer mit ihr selbst zu tun gehabt. Sie war sich des unlösbaren Zusammenhangs zwischen der Gesellschaft, die sie durch ihre Arbeit schützte, und der von dieser Gesellschaft ständig neu produzierten Kriminalität bewußt. Dieses Bewußtsein war es, neben ihrem Hang zur Gründlichkeit, das es ihr ermöglichte, Erfolge in der Arbeit zu haben, wo andere schon längst aufgegeben hatten. Keiner ihrer Kollegen ahnte, was auch sie selbst sich kaum bewußt machte, daß nämlich ihr Arbeitseifer, ihre Gründlichkeit am stärksten dadurch motiviert wurde, daß sie ein Gefühl der Mitschuld, der Mitverantwortung an Verhältnissen empfand, die zum Beispiel Eltern dazu brachten, ihre Kinder totzuprügeln. Noch jedesmal, wenn sie vor einer neuen Aufgabe stand, hatte sie sich eingebildet, daß sie, wenn sie den Fall gelöst hatte, vielleicht eine Möglichkeit finden würde, den Tätern eine neue Chance aufzuzeigen. Fast jedesmal war es dazu nicht gekommen, denn abgesehen davon, daß sich die Verhältnisse eben nicht ändern ließen, hatten ihr natürlich irgendwann Richter und Staatsanwalt den Fall abgenommen. Aber während der Zeit, in der sie Spuren entdeckte, Verhöre anstellte, Personen überprüfte, Überlegungen am Tatort nachging, während dieser ganzen Zeit nährte sie in sich die Illusion, diesmal vielleicht einem Menschen wirklich helfen zu können. Und das machte ihr die Arbeit leicht und aufregend. Mit der

Zeit allerdings war eine Veränderung in ihr vorgegangen, die es ihr schwermachte, ihre Arbeit zu tun wie immer. Angefangen hatte es, sie erinnerte sich genau, als sie mit ein paar Kollegen ins Kriminalmuseum gegangen war. Eine dort in allen Einzelheiten dargestellte sodomistische Vergewaltigung hatte bei ihnen allen Abscheu und Empörung ausgelöst, so jedenfalls hatte sie gedacht. Wenig später hatte sie, ohne selbst dabei zu sein, mit angehört, wie ihre Kollegen wirklich darüber dachten. Sie hatte natürlich schon immer gewußt, daß Polizisten keine Betschwestern waren. Der ständige Umgang mit Außenseitern und Brutalitäten machte sie ebenfalls zu Außenseitern, die brutale Methoden im Umgang mit Menschen für normal hielten. In gewisser Weise waren sie menschenverachtend, damit hatte sie sich abgefunden. Was sie allerdings damals an Frauenverachtung gespürt hatte, war nicht mehr mit beruflichen Erfahrungen zu erklären. Sie hatte die Kollegen von da an in einem anderen Licht gesehen. Die waren ihr gegenüber freundlich und höflich, aber es entstand eine Spannung zwischen ihnen, die das völlig unbelastete Arbeitsklima der ersten Jahre veränderte. Inzwischen wußte sie, daß es gerechtfertigt war, Polizisten beim Verhör von Frauen nicht mit ihnen allein zu lassen. Die hohe Scheidungsrate unter ihren Kollegen, doppelt so hoch, wie in der übrigen Bevölkerung, war sicher nicht, wie um sie herum gejammert wurde, nur dem Schichtdienst zu verdanken. Es war ihr klar, daß sie den Vorschlag Kohlaus auch deswegen angenommen hatte, um ihren Kollegen, jedenfalls den meisten von ihnen, eine Zeitlang zu entgehen. Jetzt aber lag sie in der Dunkelheit in ihrem Bett, fühlte mehr als sie es schon wußte, daß ein neuer Fall auf sie wartete, und das Gefühl der Gelassenheit und gleichzeitig einer ganz persönlichen Interessiertheit, das sie empfand, war ihr fremd. Ruhig dachte sie darüber nach, wann ihr bewußt geworden war, daß der Fall für sie selbst von Bedeutung sein würde.

Es ist gleichzeitig gewesen, dachte sie, gleichzeitig, als mir auffiel, daß der Wirt Angst hatte, was er bei einem gewöhnlichen Selbstmord nicht zu haben brauchte. Während ich auf das Schnapsglas zwischen seinen fetten Fingern sah, wurde mir klar, daß ich betroffen bin. Im Halbschlaf wunderte sie sich über die merkwürdige Formulierung ›daß ich betroffen bin‹... wovon soll ich betroffen sein... und schlief endlich ein. Der leichte Geruch nach Schweinemist war wieder stärker geworden, aber sie war eingeschlafen, bevor sie ihn wahrnehmen konnte.

Pink, pank,
der Schmied ist krank,
er liegt auf Bohlen,
er hat gestohlen,
er liegt auf Gerben,
er wird schon sterben,
er läg im Bette,
wenn er eins hätte.

Bella Block hatte von Anfang an nicht die Absicht gehabt, sich bei den Dorfbewohnern anzubiedern, dazu achtete sie das schwere Leben der Leute auf dem Land zu sehr, vielleicht in Erinnerungen an ihre Jugend in Süditalien. Sie kannte einige Leute, die, wie sie, ein Haus auf dem Land hatten und die sich ihrer Vertrautheit mit den Einheimischen rühmten. Intellektuelle, die zu Hause keinen Kontakt zu ihren Nachbarn zustande brachten, erzählten vom wunderbaren Verhältnis zum einfachen Volk, das ihnen auf dem Land begegnet sei. Sie hatte derlei Reden immer für Geschwätz gehalten, das einen Mangel verdecken sollte. Nach ihrem Einzug in das Haus im Dorf hatte sie, außer einem freundlichen Gruß im Vorübergehen, zu niemandem Kontakt gesucht. Nach ein paar Monaten hatte es sich als nützlich erwiesen, einen Haustürschlüssel im Dorf zu lassen, für den Schornsteinfeger und den Öllieferanten. Sie hatte die Nachbarin gefragt, die nach anfänglichem Zögern bereit gewesen war, den Schlüssel zu nehmen. So hatte sich die erste Beziehung zu Dorfbewohnern ergeben. Noch immer bestanden ihre hauptsächlichen Kenntnisse über das Leben der Menschen im Dorf aus allgemeinen Beobachtungen, der Interpretation von Reaktionen auf ihre gleichmäßig freundlichen Grüße und dem Dorfklatsch, der ihr bei gelegentlichen Besuchen der Schlüssel bewahrenden Nachbarin gern und ausführlich serviert wurde.

Das ist wenig, dachte sie, während sie am Morgen unter der Dusche stand. Sie glaubte nicht mehr an die Selbstmorde und war sicher, daß der oder die Täter im Dorf zu finden waren. Die Möglichkeit, daß jemand von außerhalb zweimal im Abstand von einigen Monaten ins Dorf gekommen sein sollte, um hier jemanden umzubringen, schied für sie aus. Sie war auch sicher, daß es zwischen den beiden Toten eine Verbindung gab, die sie noch nicht kannte. Der zweite Tote, der, der sich mit den Abgasen vergiftet hatte, war der Jungbauer vom Hof gegenüber gewesen. Sie war ihm an den Wochenenden öfter begegnet, wenn sie spazierenging und er auf dem Trecker an ihr vorüberfuhr. Sie erinnerte sich an ein großflächiges, mißtrauisches Gesicht hinter kaum durchsichtigen Plexiglasfenstern und an einen blonden Jungen, der ihm sehr ähnlich sah und manchmal an ihrem Gartentor stand und stumm und ausdauernd über den Zaun starrte. Es würde notwendig sein, sich ein genaueres Bild von den Dorfbewohnern zu verschaffen. Flüchtig ging ihr durch den Kopf, daß auch jetzt noch niemand sie daran hindern würde, bei der Selbstmord-These zu bleiben.

Niemand, dachte sie, nur ich selbst.

Sie war eingestiegen, ein Gefühl, das sie kannte, aber auf andere Weise als sonst. Und mit einem anderen Ergebnis, so dachte sie. Aber das war noch offen.

Nach dem Frühstück, Knäckebrot und Kaffee, etwas anderes hatte sie nicht finden können, setzte sie sich an den Schreibtisch und begann aufzuschreiben, was sie über das Dorf wußte.

1. Das Dorf
Etwa zehn Häuser entlang der Landstraße, vier Höfe etwas abseits (Reste eines ehemaligen Rundlings), dazwischen auch ein Siedlungshaus, vermutlich nach Kriegsende gebaut, mit verschiedenen Anbauten.
Dorfplatz etwas außerhalb, auf dem Gelände einer ehemaligen Ziegelei, daneben Feuerwehrhaus, Kneipe etwa fünfhundert Meter außerhalb des Dorfes an der Landstraße.
Wiesen, Felder, Vorgärten.

2. Das Leben
- jeder weiß von jedem alles (vermutlich), aber wo wird kommuniziert? Noch nie eine Gruppe Menschen zusammenstehen sehen.
- Kneipe: der einzige Ort, wo man sich begegnet (Männer).
- Feste: Sommerfest, Schützenfest (Schützenverein?) – Kommunikation, und Konflikte?

- private Feiern: Hochzeiten, Konfirmationen, Beerdigungen (bei so wenig Menschen vermutlich selten).

3. Die Arbeit
- eigene Landwirtschaft oder Lohnarbeit auf dem Feld, bis auf Friseur und Kneipier, keine anderen Arbeitsmöglichkeiten.
- Einkommen der Bauern: niedrig (und die Bäuerinnen?).
- Perspektive: keine, Höfe zu klein, noch keine Grünbrache, aber zu erwarten.
- Tourismus: keine Chance, Dorf nicht attraktiv genug.

4. Das Denken
Sicher konservativ, rechtsradikale Zeitschriften in den Läden der Umgebung, ev. Einflüsse durch Grenzschutztruppen. Kulturelle Einflüsse: Fernsehen, Landfunk, bäuerliche Traditionen (welche?).

Hier angekommen, legte Bella den Füller beiseite und dachte an ihre Mutter, die die meiste Zeit ihres Lebens Kommunistin gewesen war und mit ihren Urteilen schnell bei der Hand.

Bella, mein Kind, sieh dir die Paare genau an, hatte sie eine ihrer Lieblingsweisheiten eingeleitet. Es gibt nur zwei Sorten. Die einen haben untereinander ein Verhältnis, wie Bourgeois und Proletarier, was, nebenbei, schon Engels bemerkt hat, dem die Sache deshalb aufgefallen sein muß, weil sie eine Massenerscheinung ist. Und die anderen, die nicht benutzen oder sich benutzen lassen. Davon gibt's allerdings erst wenige. Überleg dir gut, zu welchen du gehören willst.

Sie nahm den Füller wieder auf und schrieb:

5. Verhältnis Mann – Frau
   s. Engels (Bourgeois und Proletarier).

Dann erhob sie sich, ging in die Küche, nahm ein Wasserglas aus dem Schrank und füllte es halb mit Wodka, halb mit Orangensaft. Noch in der Küche nahm sie einen kräftigen Schluck. Es klingelte an der Haustür. Sie öffnete die Tür. Vor ihr stand ein Mann, eher ein Männlein, mit einer Aktentasche, die Hosenbeine mit Fahrradklammern zusammengesteckt. Er strahlte sie an, offenbar froh, endlich mal jemanden im Haus anzutreffen. Ich komme nämlich wegen der Viehzählung, sagte er und begann, in der Aktentasche zu kramen. Nur mit Mühe konnte sie ihm klarmachen, daß sie kein Vieh hatte.

Auch keinen Wellensittich? Es muß alles gezählt werden.

Sichtlich enttäuscht zog er ab. Sie ging zurück an den Schreibtisch.

Wieder und wieder sah sie auf den Zettel. Las die einzelnen Posten, unzufrieden mit den wenigen Informationen, mit denen nichts anzufangen war. Sechs Jahre hatte sie ihre Wochenenden hier verbracht, nicht jedes, aber im Sommer war sie doch ziemlich oft hiergewesen. Wirklich wahrgenommen hatte sie nur ein paar idyllische Eindrücke, Felder und Wiesen in den wechselnden Jahreszeiten, das Schnattern der Gänse im November, die blühenden Apfelbäume im Frühsommer – Eindrücke, die eine Idylle vorgaben, die in Wirklichkeit nicht existierte, jedenfalls nicht für die Menschen, die hier lebten. Und sie hatte zwischen ihnen gelebt, wie auf einer Insel. Wen kannte sie denn? Wieder nahm sie den Zettel zur Hand und begann, die Personen zu notieren, die ihr bekannt waren.

- Der Bürgermeister. Sie kannte ihn, weil er gleichzeitig der Öllieferant war, ein fahriger Mensch, der gern viel und laut redete, um davon abzulenken, daß in Wirklichkeit seine Frau die Amtsgeschäfte führte. Die Frau kannte sie nicht, die Nachbarin hatte von ihr gesprochen.
- die Nachbarin und ihre Schwester. Die beiden waren sich sehr ähnlich, abgearbeitete Frauen, die schon als Kinder auf dem Feld gearbeitet hatten und Feldarbeit machen würden, solange sie kriechen konnten.
- die Familie vom Hof gegenüber: Der Mann, der tot war, die junge Bäuerin, den Jungen, den Altbauern, die alte Frau hatte sie noch nie gesehen.
- eine alte Frau, die offenbar ein wenig irre war, von morgens bis abends und zu jeder Jahreszeit auf der Dorfstraße herumlief, und mit der niemand sprach.
- den Wirt (und die lautlose, gesichtslose Person in seiner Küche).

Die Frau, die als erste gestorben war, hatte sie nicht gekannt. Sie erinnerte sich dunkel an eine magere Person, die ständig mit schriller Stimme hinter zwei Mädchen herschrie. Die Mädchen hatten manchmal auf der Mauer gesessen, die ihren Garten einschloß. Wenn die schrille Stimme zu hören war, waren sie von der Mauer gerutscht und irgendwohin verschwunden. Sie hatte die Stimme nicht gemocht, denn sie war der ihrer Mutter ähnlich, die genauso hinter ihr hergeschrien hatte... Aber sie gehörte in diese Umgebung wie die alte Gartenmauer und der Holunder davor, die auch nur Versatzstücke waren, um Erinnerungen an die Kindheit wachzuhalten.

Sie saß da und starrte auf den vor ihr liegenden Zettel. War das alles? Ja, das war wirklich alles. Bella Block war unzufrieden mit sich. Natürlich wäre es jetzt besser gewesen, möglichst viele Dorfbewohner zu kennen, ihre Beziehungen untereinander, ihre Freundschaften und Feindschaften. Denn so beziehungslos und ohne Höhepunkte konnte das Leben hier doch in Wirklichkeit kaum sein. Aber hätte sie ahnen können, daß gerade hier, in dieser Idylle... nein, das konnte sie nicht. Und jetzt würde sie eben mit denen anfangen, die ihr schon bekannt waren. Irgendwo mußte ein Anfang gemacht werden.

Entschlossen stand sie vom Schreibtisch auf. Während sie in der Küche die nötigen Utensilien zum Fensterputzen zusammensuchte, dachte sie ein bißchen wehmütig an den gestrigen Tag zurück, den sie lesend in der Sonne verbracht hatte. Gleichzeitig wurde ihr bewußt, daß sich etwas veränderte in ihrem Verhältnis zu diesem Haus. Es kroch etwas heran, das nach Alltag aussah, nach ihrem Alltag, der aus Gewalt bestand, aus Brutalität, Erniedrigung und Angst. Wie am Abend zuvor erfaßte sie ein deutliches Gefühl, eine durch nichts zu erklärende Gewißheit, daß sich ihr Leben verändern würde. Sie wollte nicht, daß dieses Haus seine Bedeutung für sie verlor. Aber gleichzeitig war ihr, als sei die Abgeschiedenheit nicht mehr vorhanden, die sie geliebt und gebraucht hatte. Es war, als hätte irgend jemand die Türgriffe mit fetten, klebrigen Fingern berührt und auf den Polstern von Sesseln und Stühlen schleimiges Zeug verschmiert. Sie blickte sich aufmerksam um, als sie, Eimer und Fensterleder in den Händen, durch den großen Wohnraum ging. Natürlich war nichts zu sehen.

Beim Fensterputzen entwickelte sich, wie geplant, ein Gespräch mit der Nachbarin. Wie immer hatte Bella Block am Anfang Schwierigkeiten festzustellen, mit welcher der beiden Frauen sie sprach. Zwei Frauen, die sich so verblüffend ähnlich sahen wie ihre beiden Nachbarinnen, kamen ihr aus irgendeinem Grund unnatürlich vor. Sie wurde, ebenfalls wie geplant, für den Nachmittag zum Kaffee eingeladen, beendete ziemlich bald die Fensterputzerei und machte sich auf zu einem Spaziergang durchs Dorf. Am Morgen hatte die Ernte begonnen. In allen vier Himmelsrichtungen tobten Mähdrescher über die Felder, ein Geruch nach Stroh erfüllte die Luft. Die Lerchen, die sie in der Luft stehen sah, waren im Dröhnen der Mähdrescher nicht zu hören. Neben den Resten der Ziegelei stand eine Bank, auf die sie sich setzte. Im Schatten war es nur ein wenig kühler als auf den staubigen Wegen. Sie sah die Frau, mit der niemand sprach, in der prallen Sonne die Dorfstraße entlanggehen. Vor dem Hof der Selbstmörderin blieb sie stehen und sah durch das Tor. Dann kehrte sie um und kam langsam die Straße herauf.

Bella Block sah die schmale, kleine Frau mit der wollenen Pudelmütze, dem braunen Mantel und den ausgetretenen Schnürstiefeln, erhob sich nun und ging auf sie zu. In der Luft war wieder der Geruch nach Schweinemist, und die Hitze ließ ihre Haut feucht werden. Sie traf die Frau an dem Weg, der von der Landstraße zu ihrem Haus abbog, und zögerte einen Augenblick, sie anzusprechen. Es ging etwas Unnahbares aus von dieser Person, eine besondere Art auszudrücken, daß sie nicht angesprochen werden wollte.

Oma rühr mich nicht an, dachte Bella Block, und im gleichen Augenblick bog die Frau in den Weg ein und ging steif und ohne ihren Gruß erwidert zu haben auf das kleine Häuschen zu, das sie bewohnte. Bella blieb stehen und sah der Frau nach, bis sie in der niedrigen Haustür verschwand. Als sie sich umwandte, um weiterzugehen, sah sie, daß sie beobachtet worden war. Am Küchenfenster des Hauses der Nachbarinnen verschwand ein wenig zu spät das blonde Haar einer der beiden Frauen hinter der Gardine.

Auch diesmal hatte sie beim Verlassen ihres Hauses

die Tür nicht abgeschlossen, eine Art Trotzreaktion. Es gehörte zu ihrer Vorstellung vom Leben auf dem Land, daß Türen nicht abgeschlossen waren. Jetzt fand sie die Haustür nur angelehnt, und als sie sie ganz öffnete, stand vor ihr der Kleine, dessen Vater umgekommen war, und starrte sie an. Wütend brüllte sie den Bengel an, riß die Tür weit auf und befahl ihm zu verschwinden. Einen Augenblick rührte er sich nicht von der Stelle. Sie hatte das Gefühl, daß er sie nicht nur anglotzte, sondern auch noch zu grinsen begann. Dann fegte er an ihr vorbei zur Tür hinaus.

Na warte, dachte sie wütend. Mit deiner Mutter wollte ich sowieso reden, jetzt hab' ich wenigstens einen Grund. Sie schlug die Haustür zu, rannte durch den Garten über den kleinen Platz und klingelte Sturm an der Tür des gegenüberliegenden Hauses.

Niemand kam. Nach einer Weile, sie hatte sich etwas beruhigt, ging sie durch den Vorgarten und bog um die Ecke. Vor ihr lag der Hofplatz, bedeckt mit Kies, den Einzelteilen von irgendwelchen Landmaschinen, zerbrochenen Ziegelsteinen und Schweinemist. Es stank. In der Luft waren unzählige Fliegen. Niemand war zu sehen, auch als sie ein paarmal gerufen hatte, rührte sich nichts. Als sie gerade gehen wollte, schlurfte der alte Bauer über den Hof. Er war aus dem Schweinestall gekommen. Offenbar war er schwerhörig und halbblind, denn er sah sie weder, noch hatte er ihre Rufe gehört. Ohne sie zu beachten, verschwand er in der Hintertür des Wohnhauses, die er offen ließ. Sie hätte ihm folgen können, aber der Gedanke, in dem niedrigen, dunklen Hausflur umschwirrt von Fliegen auf den alten Mann einbrüllen zu müssen, war ihr zuwider. Offenbar war die Mutter des Jungen nicht da. Wahrscheinlich saß sie auf einem der Mähdrescher, die mit ihrem Rattern die Luft erfüllten. Sie drehte sich um und verließ den Hofplatz. Nach ein paar Metern ließen die Fliegen von ihr ab. Erleichtert erreichte sie den eigenen Garten.

Diesmal wartete kein dämlich glotzender Bengel auf sie. Niemand sprang ins Gebüsch, um sich vor ihr zu verstecken, und die kühle Wohnhalle empfing sie freundlich. Sie ging in die Küche, goß sich einen großen Wodka ein, füllte das Glas mit Orangensaft auf und setzte sich an den Küchentisch. Mit schwarzem, dickem Filzstift hatte jemand ein Schwein auf die weiße Platte gemalt, aber sonst war alles in Ordnung.

Kaffee is mei liebster Trank
und wär i au zum Sterben krank

Über dem Tisch baumelte ein langer, gelber Fliegenfänger. Eine einzelne Fliege klebte mit dem Rücken daran und zappelte hin und wieder mit den Beinen. Bella, angetan mit dem einzigen Rock, den sie im Schrank hatte finden können, und einer frischen weißen Bluse, saß am Kaffeetisch im Wohnzimmer der Nachbarin und horchte auf das Klappern in der Küche, während sie der Fliege zusah. Der Tisch war für drei Personen gedeckt, aber nur eine der Schwestern war bisher aufgetaucht, um gleich wieder in der Küche zu verschwinden. Von dort kam jetzt Kaffeeduft, der sich mit dem Geruch eines scharfen Putzmittels verband. Im Zimmer war es warm. Es roch nach Sauberkeit und Gemütlichkeit. Das war eine Mischung, der sie sich ganz hingeben mußte, um sie auszuhalten. Und so saß sie völlig entspannt auf dem viel zu weichen Sessel, sah der halbtoten Fliege zu, ein Anblick, vor dem sie sich normalerweise ekelte, und wartete. Bevor sie einschlief, erschien die Nachbarin mit der Kaffeekanne.

Es geht doch nichts über eine gute Tasse Kaffee am Nachmittag, sagte sie strahlend, und Bella sah angestrengt zu, wie die schwarze Flüssigkeit aus der Kanne in die Tassen floß. Sie betrachtete auch die kleine, beim Einschenken über den Tisch gebeugte Gestalt der Nachbarin, die sie in der Bewegung des Einschenkens an ihre Mutter erinnerte. Gerade dieses leichte Nachvornbeugen mit der schweren Kanne in der Hand, gleichzeitig dienend und Lob erwartend, diese »Hier ist der Kaffee, den ich für dich gekocht habe, nun lobe mich – Haltung« hatte sie nie ausstehen können.

Ja, antwortete sie, jetzt wieder wach und aufmerksam, wunderbar, so eine Tasse Kaffee.

Weniger wunderbar fand sie das dicke Stück Cremetorte, das gleich darauf auf ihren Teller geschoben wurde. Das war einzuordnen in die Abteilung »weibliches Berufsrisiko«. Sie hatte den Eindruck, jedenfalls nach dem, was ihre Kollegen erzählten, daß den Männern eher ein Schnaps, ihr dagegen ständig Cremetorte angeboten wurde, wenn sie sich dienstlich bei fremden Leuten aufhielt. Konsequenz war für sie dann jedesmal, auf das Abendbrot zu verzichten, was ihre schnapstrinkenden Kollegen sicher nicht taten. Wahrscheinlich auch ein Grund dafür, weshalb sie alle ziemlich schnell fett wurden.

Danke, Frau Petersen, nicht noch ein Stück, aber es hat wirklich gut geschmeckt. Backen Sie den Kuchen selbst? Sie unterhielten sich über Backrezepte, bevor sie auf das Thema kam, das sie interessierte.

Heute mittag habe ich die alte Frau wieder gesehen. Sie grüßt offenbar nicht jeden.

Ach, sagte Frau Petersen wegwerfend, die sollten Sie auch nicht grüßen, die grüßt doch hier keiner.

Sie hatte ein breites Gesicht, die Frau Petersen. Unter den kleinen hellblauen Augen bildeten die Tränensäcke dicke Wülste. Ihre Nase sah aus, als habe sie vor langer Zeit jemand eingeschlagen, was aber eigentlich nicht sein konnte, denn ihre Schwester trug genau das gleiche, in der Mitte des Nasenrückens eingeknickte Exemplar. Die blond gefärbten Haare waren durch mindestens sechzig Dauerwellen (dreißig Jahre lang pro Jahr zweimal) brüchig geworden und hingen in dünnen Zotteln um den Kopf. Aber sie hatte ein lustiges Lächeln und eine helle, freundliche Stimme. Jetzt, ohne das Lächeln im Gesicht, sah sie böse aus, ein bißchen wie die Roggenmuhme, mit der die kleinen Kinder erschreckt werden. Sie hielt die Kaffeetasse in beiden Händen und pustete auf die schwarze Oberfläche. Ihre Fingernägel waren abgebrochen, und die Nagelhaut war eingerissen.

Niemand? Und weshalb nicht?

So hob die schwarze Brühe vorsichtig an die Lippen, versuchte zu trinken und behielt die Tasse in den Händen, während sie antwortete.

Na, was würden Sie sagen, wenn so eine Person hier als Gemeindeschwester ankommt und sich den dicksten Bauern zum Liebhaber nimmt, obwohl der Frau und

Kinder hat? Und als ihm die Frau gestorben ist, wollte sie sich natürlich auf den Hof setzen. Aber das haben sie ihr wohl vermasselt, wär' ja auch noch schöner.

Und er, der Bauer, meine ich?

Na ja, Sie wissen ja, wie Männer sind. Er hat sich eine andere geholt. Mußte er ja auch. Eine, die was von der Wirtschaft versteht. Da war Schluß mit der Liebe!

Und wann ist das gewesen? Die Frau ist doch schon ziemlich alt?

Ziemlich alt? Eine alte Kröte ist das, die nicht mehr hüpfen kann, nur noch kriechen. Die wird achtzig sein. Fünfzig war sie, als sie hier ankam und mit ihm angebändelt hat.

Dann muß die Geschichte ja bald dreißig Jahre her sein. Und seit der Zeit spricht niemand mehr mit ihr?

Mit der? Ne, das macht hier keiner.

Frau Petersen lächelte jetzt wieder ihr lustiges Lächeln, gemischt mit offener Schadenfreude. Während des letzten Satzes war die Schwester ins Zimmer gekommen und hatte sich an den Tisch gesetzt. Sie war, im Gegensatz zu Frau Petersen, nie verheiratet gewesen und trug deshalb noch ihren Mädchennamen. Überhaupt war die Schwester, trotz der äußeren Ähnlichkeit mit Frau Petersen, eigentlich eine völlig andere Persönlichkeit. Irgendwann, es mußte schon lange her sein, hatten die beiden Frauen beschlossen, daß die eine für den Haushalt zuständig sein und die andere »auf Arbeit« gehen sollte. Frau Petersen, die lebhaftere und mutigere von beiden, hatte sich daraufhin Arbeit in der fünfzig Kilometer entfernt gelegenen Büromaschinenfabrik gesucht. Sie arbeitete in drei Schichten, war stolz darauf, noch nie krank gemacht zu haben, und stolz auf die Urkunden, die sie zur Feier ihrer zwanzigjährigen Betriebszugehörigkeit erhalten hatte. Sie redete gern viel und laut, am liebsten über andere Leute und ihre kurze, mißglückte Ehe. Ihre Schwester war schweigsam und schüchtern. Wenn Frau Petersen von ihrer Arbeit oder von ihrer Ehe sprach oder über die Männer des Ortes herzog – seit der ihrige sie verlassen hatte, blieb kein gutes Haar mehr an ihnen – hörte sie ihr bewundernd zu. Die Arbeit im Haus war ihre einzige Beschäftigung bis auf die Feldarbeit, die beide Schwestern in der Rübensaison an den Wochenenden noch zusätzlich machten. Offenbar wurde sie nie damit fertig, denn Frau Petersen machte sich manchmal lustig über sie.

Den Garten, sagte sie dann wohl gutmütig, den Garten mache ich in der vierten Schicht. Sie kommt zu nix. Ich möcht' sowieso wissen, was so Hausfrauen den ganzen Tag machen.

In Wirklichkeit war es wohl nicht nur die zu allen Nur-Hausfrauen gehörende Eigenschaft des Nie-fertig-Werdens mit der Hausarbeit: Maria war ein wenig langsam, und die Schwestern hatten die Arbeitsteilung vorgenommen, die ihren Fähigkeiten am besten entsprach.

Trotzdem, dachte Bella, dumm ist auch sie nicht. Eher traurig und ein bißchen erschrocken darüber, daß die Welt so ist, wie sie ist.

Sie sah die Frauen nebeneinander sitzen und wunderte sich wie immer über die Ähnlichkeit der beiden. Aber es war nicht nur die Ähnlichkeit, sondern auch die absolute Vertrautheit zwischen ihnen, die beide wie eine Person erscheinen ließ. Sie ahnte mehr, als daß sie wußte, daß diese Haltung nicht freiwillig angenommen war. Zwei Flüchtlingsmädchen, darauf angewiesen, ihren Unterhalt bei den Bauern zu verdienen...

Sie erinnerte sich daran, daß Frau Petersen ihr vor ein paar Monaten lachend erklärt hatte, sie und ihre Schwester würden nicht auf dem Dorffriedhof begraben werden, der sei nur für die Reichen. Und sie begann die Ordnung zu ahnen, die das Leben in der Idylle bestimmte.

Frau Petersens Lächeln hatte den Ausdruck von Schadenfreude verloren. Sie sprach über den Garten, ihr Lieblingsthema, während die Schwester ihren Kaffee austrank und das Zimmer wieder verließ.

Bella nutzte die Gelegenheit, um sich ebenfalls zu verabschieden. Sie wollte über die Geschichte nachdenken, die sie gehört hatte. Und außerdem hatte sie genug von dem Geruch nach Kaffee und Putzmittel, der ihr langsam den Atem nahm. Am Fliegenfänger klebten jetzt acht Fliegen.

Der Hering ist ein salzig Tier,
er kommt an vielen Orten für,
er geht des Abends in die Stadt
und macht die alten Weiber satt.

Als sie auf die Straße trat, war die Luft drückender geworden. Die Bäuerin mußte vom Feld gekommen sein, der Mähdrescher stand vor dem Haus und nahm fast die ganze Straße ein. Sie verwarf den Gedanken, die Bäuerin jetzt aufzusuchen, um sich über den ungeratenen Sohn zu beschweren. Statt dessen schlug sie fast unbewußt den Weg in die Felder ein, der an dem Häuschen der Alten vorbeiführte. Das Haus hatte ein weit heruntergezogenes Dach und eine Haustür, bei der Ober- und Unterteil getrennt voneinander zu öffnen waren. Der kleine Vorgarten war überwuchert mit Margeritenbüschen, die fast an die Dachrinne heranreichten. Die beiden Teile der Haustür standen offen. Sie blieb am Gartenzaun stehen und tat, als bewundere sie die Margeriten, während sie versuchte, einen Blick in das Innere des Hauses zu werfen. Sie sah aber nichts als das dunkle Loch des Hausflurs.

Hinter dem Haus begannen die Felder. Der Roggen

war noch nicht gemäht worden. Auf dem leicht abschüssigen Feldweg sah sie schon nach wenigen Schritten, als sie sich umwandte, nur noch das Dach des Häuschens über dem graugelben Kornmeer. Dreißig Jahre Leben in der Idylle – dreißig Jahre Leben in der Hölle. Natürlich würde hin und wieder jemand mit ihr gesprochen haben. Der Kaufmann, der zweimal in der Woche mit einem Verkaufswagen im Dorf auftauchte. Welche Sprache spricht eine, die, sinnloser Verachtung des Dorfes ausgesetzt, nur noch Wörter wie »Brot« oder »Zucker« oder »Salz« aussprechen durfte. Welche Bedeutung bekamen diese Wörter, die doch nichts aussagen konnten über die Befindlichkeit der Person, für die sie überlebenswichtig waren? Hatte sie sich gewehrt gegen die brutale Verbannung aus der Gemeinschaft des Dorfes? Weshalb war sie nicht weggegangen aus dem Dorf, das sie nicht wollte? Bella erinnerte sich, daß sie an einem ähnlich warmen Sommertag durch die Felder geradelt war und laut gesungen hatte. Geh aus mein Herz und suche Freud' in dieser schönen Sommerzeit – war sie vielleicht singend an der offenen Haustür vorbeigeradelt?

Auf dem Rückweg, sie war stundenlang durch die Felder gelaufen, blieb sie vor dem Haus der alten Frau stehen, um mit ihr ein paar Worte zu wechseln. Aber die Tür war verschlossen, und auf ihr Klopfen öffnete niemand. Sie ertappte sich dabei, wie sie vorsichtig zum Haus der Nachbarin hinübersah, die sie vielleicht mißbilligend beobachtete, und erschrak darüber, wie schnell der Zwang zu einem bestimmten Verhalten auch von ihr angenommen wurde. Herausfordernd langsam verließ sie den Vorgarten des kleinen Hauses und ging mit erhobenem Haupt am Küchenfenster der Nachbarinnen vorbei. Auf der Straße kam ihr ein Hund entgegengetrabt, ein großer Schäferhund mit blutiger Schnauze. In der untergehenden Sonne leuchteten die Margeriten.

In der Nacht hatte sie einen furchtbaren Traum, in dem die alte Frau mit kahlem Schädel vor dem geöffneten Fenster der Kneipe stand und nach ihr rief. Sie konnte nicht hinausgehen, weil sie von zwei dünnen, langen Armen festgehalten wurde, die aus der Klappe hervorgriffen, durch die sonst das Essen gereicht wurde. Den Rest der Nacht verbrachte sie lesend, und zum ersten Mal empfand sie so etwas wie Angst in dem großen, alten Haus. Sie beschloß, in Zukunft die Haustür abends abzuschließen.

S fängt an zu träppeln,
der Tod schmeißt mit Äppeln.
S fängt an zu ränn,
der Tod schmeißt mit Stänn.
S fängt an zu gießen,
der Tod schmeißt mit Nüssen.
S fängt an zu schnain,
der Tod kemmt mit Wein.
S fängt an zu graupen,
der Tod kemmt mit Raupen.

Gegen Morgen war sie noch einmal eingeschlafen. Als sie erwachte, hatte sich das Wetter geändert. Es war warm geblieben, sehr warm sogar, aber die Wolken hingen grau und tief über den Feldern. Das laute Summen einer Kornlüftungsanlage war zu hören. Ein gleichmäßiger, dunkler Ton, der zu dem grauen, niedrigen Himmel paßte, als sei er seine Stimme. Der Geruch nach Schweinemist war wieder stärker geworden. Er lag über dem Dorf wie ein schwerer, unsichtbarer Teppich. Die helle Klingel des fahrbaren Kaufmannsladens, die sie geweckt haben mußte, wirkte völlig unpassend. Anscheinend ging niemand an den Wagen. Sie hörte ihn gleich wieder abfahren.

Wie immer am Vormittag lag das Dorf wie ausgestorben da. Als sie einen Rundgang durch den Garten machte, sah sie den Wirt. Er ging langsam über den Dorfplatz und sah zu ihrem Haus herüber. Als er sie bemerkte, änderte er die Richtung und kam auf sie zu.

Sie hatte ihn bisher nur hinter seinem Tresen gesehen. Wie er da jetzt auf sie zugeschlurft kam, sah er merkwürdig verlassen aus auf der leeren Straße. Als er näher kam, sah sie, daß ihm der Schweiß hinter den Ohren in den geöffneten Hemdkragen lief. Das Hemd klebte auf dem über der Hose hängenden Bauch. Vor ihrer Gartentür blieb er stehen.

Sie berührte die Hand, die er über den Zaun streckte, nur flüchtig. Dennoch blieb der Eindruck von etwas Kaltem, Feuchtem auf ihrer Handfläche zurück, und unauffällig wischte sie die Hand an ihrer Hose ab. Es gefiel ihr auch nicht, daß er sie unverschämt musterte.

Na, immer noch Urlaub?

Seine Frage kann er sich schenken, dachte sie. Soll er doch sagen, was er wirklich will.

Er sagte es nicht, aber aus seinen gewundenen Sätzen konnte sie trotzdem schnell heraushören, daß er wissen wollte, wie lange sie noch blieb. Das ließ sie offen. Seine Stimme wurde noch freundlicher.

Er sprach jetzt von der Bäuerin, die sich erhängt hatte, erging sich in dunklen Andeutungen über Frauen, die allein leben und dadurch in Schwulitäten – er sagte wirklich Schwulitäten – kämen, woran sie aber schließlich selbst Schuld hätten. Seine Hände lagen auf den Latten der Gartentür, und daran, wie er sie heftig umfaßte und wieder losließ, merkte sie, wie erregt er war.

Will er mich beschützen, fragte sie sich. Das kann er doch nicht ernst meinen.

Ach, sagte sie kühl, hat sie sich denn nicht selber umgebracht?

Er hielt augenblicklich die Hände still und verstummte. Woher soll ich das wissen, sagte er dann ärgerlich und ängstlich zugleich.

Seine Stimme klang jetzt erheblich weniger selbstsicher. Sie sagte nichts, beobachtete ihn nur kühl und hartnäckig, so daß ihm unbehaglich wurde.

Er hätte gerne seiner verschwitzten, ramponierten Männlichkeit wieder auf die Beine geholfen, wußte aber nicht, wie er das anstellen sollte.

Geht nicht, mein Lieber, dachte sie, jetzt bist du unten und ich oben.

Aber sie hatte sich getäuscht. Plötzlich sagte er mit gönnerhaft-anzüglichem Unterton:

Sie können mir ja Bescheid sagen, wenn es Ihnen zu einsam wird. Eine Frau wie Sie, da kommt man gern mal vorbei. Nahm die Hände von der Gartenpforte und entfernte sich langsam. Bella sah ihm nach und war wütend. »Dreckskerl« war alles, was ihr einfiel, aber sie sagte es nicht laut, sondern ging ins Haus und ärgerte sich.

Im Haus hatte es eine Invasion von Fliegen gegeben. In der dämmrigen Halle, auf dem Küchentisch, am Eßtisch, in ihrem Arbeitszimmer, nirgends war sie davor sicher, als Unterlage für sich paarende Fliegenpärchen zu dienen, was ihre Stimmung noch gereizter machte. Sie ging in die Speisekammer und fand dort nach längerem Suchen zwischen leeren Flaschen, Gläsern und Dosen ein Fliegenspray vom letzten Jahr. Geradezu aggressiv sprühte sie ihr Arbeitszimmer aus, schloß die Tür und wartete auf die Wirkung.

Der Geruch im Zimmer war widerlich. Am Schreibtisch sitzend sah sie eine Fliege, die überlebt hatte, auf der Kante des Fensterbretts entlangkriechen. Sie kroch einige Zentimeter, hob das Hinterteil hoch, wie ein winziges Kamel beim Aufstehen, rieb die Hinterbeine aneinander und kroch weiter. Der Vorgang wiederholte sich mindestens zehnmal, bis Bella begriff, daß es nur eine besondere Form des Todeskampfes war, dem sie zusah.

Die Beine, die eigentlich über die Flügel streichen sollten, ließen sich nicht mehr hochheben. Das Gift hatte die Fähigkeiten der Fliege, ihre Bewegungen sinnvoll zu koordinieren, zerstört. Sinnlos reckte sie das Hinterteil in die Höhe und rieb die Beine aneinander. Bella Block ekelte sich vor Fliegen, besonders vor poussierenden Pärchen, die sich auf sie stürzten, um sich auf ihr zu begatten. Aber noch widerlicher waren ihr sterbende Fliegen, die auf der Fensterbank ein sinnloses Ballett aufführten, anstatt einfach zu krepieren. Trotzdem saß sie wie gelähmt am Schreibtisch und starrte auf den merkwürdig gleichmäßigen Ablauf der unkoordinierten Bewegungen auf der Fensterbank. Ein Sommertag, an dem die Fliegen starben, der nicht hell wurde, weil der Himmel schwer und grau und niedrig war, das gleichmäßige Summen der Kornbelüftungsanlage – plötzlich hatte sie sogar das Gefühl, als sei der Geruch nach Schweinemist eine Art Strafe... Ärgerlich sprang sie auf.

Jetzt war's genug. Sie mußte sich eine Beschäftigung suchen, um den Bezug zur Wirklichkeit wieder herzustellen. Am besten die Speisekammer aufräumen und dann das Gespräch mit der Bauersfrau von gegenüber, wenn sie sich beruhigt haben würde.

Später trug sie einen Korb leerer Marmeladengläser zum Mülleimer, die sie in der unsinnigen Annahme gesammelt hatte, sie irgendwann mit selbstgemachter Marmelade zu füllen. Mit Lust knallte sie die Gläser einzeln in die leere Mülltonne. Als sie damit fertig war und hochsah, stand die Briefträgerin vor der Gartenpforte und sah ihr interessiert zu.

Manchmal braucht man das, sagte sie verständnisvoll, reichte einen Brief über den Zaun und ging weiter.

Bella war froh, daß es nicht der Wirt gewesen war, der ihr zugesehen hatte. Sie ging ins Haus, setzte sich an den Schreibtisch – die Fliege war verschwunden – und las, was Kohlau ihr mitzuteilen hatte. Der Brief war kurz. Er enthielt eine Kopie des anonymen Briefes und die Mitteilung, daß der Mann im Auto vor seinem Tod Geschlechtsverkehr gehabt hatte. Dazu die Aufforderung, zu Beginn der nächsten Woche wieder im Büro zu erscheinen, da ihre Anwesenheit dann wieder erforderlich sei. Der Schlußsatz – »Ich gehe davon aus, daß die Angelegenheit bis dahin geklärt ist« – ließ sie laut auflachen. Schließlich war es seine Marotte gewesen, sie hierher zu schicken. Offenbar brauchte er sie jetzt, und es tat ihm leid. Leider hatte sie bisher aber nichts herausgefunden, außer daß sie jetzt *wußte*, daß hier etwas geschehen war. Na, jedenfalls ließ sich mit seinen Informationen etwas anfangen. Sie würde mit der Frau des Bauern reden und dabei versuchen, etwas über mögliche Seitensprünge ihres Mannes in Erfahrung zu bringen. Denn daß er es mit seiner Frau im Auto getrieben hatte, bevor er starb, war wohl kaum anzunehmen. Und heute abend würde sie wieder in die Kneipe gehen und den Wirt zum Reden bringen. Er wußte etwas und er wollte etwas von ihr, das war ein Vorteil. Zuerst aber würde sie der Bäuerin gegenüber einen Besuch abstatten. Entschlossen stand sie auf und stieg in ihre Gummistiefel. So würde der völlig verschmutzte Hof dort drüben besser zu überqueren sein, denn zu allem Überfluß hatte jetzt ein feiner, dichter Regen eingesetzt.

Nadel, Faden, Fingerhut,
stirbt der Baur, so gehts nicht gut,
stirbt die Welt, so wird es Tag
fahren die Engele ins Grab.

Der Hof war eine einzige Schlammwüste. Der Misthaufen war größer geworden. Die Ersatzteile und verrosteten Werkzeuge, die zerbrochenen Ziegel lagen immer noch herum. Der Misthaufen begann sich aufzulösen. Einzelne Placken schwammen herum, und die Gummistiefel erwiesen sich als sehr nützlich. Sie ging diesmal gleich an die Hintertür, die nur angelehnt war, und rief »Hallo« in den Hausflur. Am Ende des Flurs wurde eine Tür geöffnet, und der Kopf der Bäuerin erschien.

Kann ich Sie mal sprechen?

Was gibt's denn?

Die Stimme klang müde. Aus der Tür trat eine breite Person, von der nur die Umrisse zu erkennen waren. Bella kam sich vor, wie eine mitfühlende Lehrerin, die einer überarbeiteten Mutter schlechte Nachrichten über das Verhalten ihres Kindes in der Schule bringen muß. Sie schüttelte das Gefühl ab und ging auf die Frau im Halbdunkel zu. Dabei quietschten ihre Füße in den Gummistiefeln, weil sie vergessen hatte, Socken anzuziehen. Das Geräusch war unangenehm laut. Die Frau war wieder hinter der Tür verschwunden, und sie ging hinterher, trat durch die Tür und blieb dort stehen. Sie stand nicht in der Küche, wie sie aus irgendwelchen Gründen angenommen hatte, sondern in einem niedrigen Raum, der mit altmodischen Möbeln vollgestopft war. Mehrere Sofas standen an den Wänden, dazu ein großer Tisch mit lang herunterhängender Decke, verschiedene kleinere Tische, Stühle und Sessel, Fußbänke und an der Wand ein Doppelbett mit hohem, gedrechseltem Kopfteil aus dunklem Holz und dicken Federbetten. Wegen der kleinen Fenster, die von außen fast zugewachsen waren mit irgendeinem Rankzeug, kam nur wenig Licht in das Zimmer. Sie hatte Mühe, in dem Doppelbett eine flache Gestalt zu erkennen, die sie vielleicht nur für einen Schatten gehalten hätte, wenn nicht ein ganz hoher, langgezogener Wimmerlaut zu hören gewesen wäre. Sie rührte sich nicht und beobachtete die Frau, die neben dem Bett stand, auf die wimmernde Gestalt hinabsah und dann ein großes Kissen nahm, das am Fußende des Bettes gelegen hatte. Einen Augenblick sah es so aus, als wolle sie damit den Wimmerlaut erstikken. Statt dessen schob sie das Kissen unter den Oberkörper einer ausgemergelten Person. Es war nicht der alte Mann, den sie am Tag zuvor auf dem Hof gesehen hatte.

Die Frau hantierte schweigend und gleichmütig, als

habe sie nichts weiter getan, als einen Topf zurück ins Regal gestellt. Bella Block verließ als erste den düsteren Raum. Die Bäuerin schloß hinter ihnen die Tür, schob sich in den engen Flur an ihr vorbei und ging nicht, wie sie erwartet hatte, voraus in ein anderes Zimmer, sondern wieder vor die Haustür. Dort stand sie einen Augenblick in dem gleichmäßig herabfallenden Regen, und es schien, als atme sie tief. Bella wagte nicht, sie anzusprechen. Sie wartete und sah, daß der alte Mann wie am Tage zuvor aus dem Schweinestall geschlurft kam. Seine Stiefel waren voll Mist. Er blieb an der Tür stehen, neben der Frau, die ihn beobachtete, und zog, an die Hauswand gelehnt, mühsam die Stiefel aus. Dann ging er an ihnen vorbei ins Haus. Die Frau drehte sich um, sah ihm nach und dann Bella ins Gesicht. Sie sah sie an, und Bella begriff, daß nichts von dem, was sie zu sagen beabsichtigte, diese Frau erreichen würde. Die Frau, die vor ihr stand, hatte eine Aufgabe zu erfüllen, die darin bestand, Schweine aufzuziehen und den Stall auszumisten, die Ernte einzubringen, den Alten und das Kind zu versorgen, das Haus und den Vorgarten in Ordnung zu halten und die wimmernde Alte zu Tode zu pflegen. Das alles tat sie, und sie würde es tun, bis der Junge alt genug war, den Hof zu übernehmen, und eine Frau anbrachte, die dann an ihre Stelle trat. Es würde ihr gleichgültig sein, ob ihr Sohn bei fremden Nachbarn unerlaubt im Haus gewesen war. Es würde ihr gleichgültig sein, daß ihr Mann sich vor seinem Tod im Auto mit irgendeiner Frau vergnügt hatte. Es war ihr gleichgültig gewesen, daß er, als er noch lebte, vielleicht manchmal mit anderen Frauen angebändelt hatte, genauso, wie es ihr gleichgültig geworden war, wenn er nach dem Besuch der Kneipe oder zu Pfingsten oder zu Weihnachten sich auf sie gelegt hatte, um nach einem kurzen Geschiebe wieder herunterzurollen und an ihrer Seite einzuschlafen. Sie stand da, eine schwarze Kittelschürze hielt ihren Körper zusammen, aus den kurzen Ärmeln kamen die Fleischmassen der Oberarme hervor, rot von Sonnenbrand, zwischen dem Saum der Schürze und dem Rand der dunklen Gummistiefel waren riesige Knie sichtbar, und sah Bella Block an. Sie sah sie an, und Bella dachte an ihren Liegestuhl, an Sonne auf der Terrasse und Wodka mit Orangensaft. Sie empfand ein Gefühl der Scham. Um das Schweigen zu beenden, sagte sie einen Satz, der ihr später vollkommen sinnlos vorkam. Sie sagte:

Kann ich Ihnen helfen?

Weinschröter, schlag die Trommel,
bis der bittre Bauer kommt.
Mit den Grenadieren
mußt du fortmarschieren,
mit dem blauen Reiter
auf die Galgenleiter.
Weinschröter, du mußt hangen,
bist bei Nacht zum Weib gegangen.

»Sie hätten das mit mir nicht machen dürfen. Ich wußte, daß er ein geiler Bock war. Das weiß hier jede. Der war so, solange ich denken kann. Mich wollte er nie, warum auch, aber die anderen. Beim Kartoffelsammeln ist er ihnen unter die Röcke gegangen, er braucht nur'n Weiberarsch, hat er gesagt, daß es ihm gutgeht. Es war nicht genug, daß die Frau tot war. Ich konnte nicht schlafen. Es waren immer noch zwei, und bald kam der Schützenball, und sie würden es bekanntmachen vor allen Leuten. Ich hab' aufgehört zu würgen, nach ein paar Wochen konnte ich auch wieder arbeiten. Aber ich hab' nur an ihn gedacht, Tag und Nacht, und wie ich es fertigbringe, daß er verschwindet. Nachts bin ich um sein Haus herumgeschlichen, und manchmal habe ich ihn gesehen, wenn er aus der Kneipe kam, und dann konnte ich das Rumoren im Schlafzimmer hören, immer. Dann hab' ich aufgepaßt. Wenn er abends losging, hab' ich ihm aufgelauert, als er allein aus der

Kneipe kam. Ich hab' auch zugehört unter dem Fenster, wie sie geredet haben, immer dasselbe, über Weiber, und ich dachte, bald werden sie von mir reden, und meine Hände waren naß. Ich dachte, daß er mich für dumm hält und daß ich damit was machen kann. Aber es mußte bald sein, und ich wußte nicht wie. Es wurde schon kalt nachts. Unter dem Fenster der Kneipe habe ich gefroren. Einmal kam er heraus, da hatte ich mich an den Graben gesetzt, um zu pinkeln, und er hat mich gesehen, den Hintern. Er war besoffen und ist mit dem Fahrrad auf mich zugetorkelt, da bin ich weggelaufen. Das hab' ich dann noch ein paarmal gemacht, es wurde ja früher dunkel jetzt. Er kam auf der Straße vorbei, da saß ich dann am Zaun, und er hat mich gesehen, und ich mußte nicht mehr nachts unter dem Kneipenfenster stehen. Er hat mich gefragt, ob er mich mit dem Auto mitnehmen soll, und sein Gesicht sah aus wie damals. Ich hab' gesagt, daß ich nicht will, und er hat noch ein paarmal meinen Hintern am Zaun gesehen. Ich mußte erst einen Schlauch besorgen. In der Stadt hab' ich einen Auspuff gemessen auf dem Parkplatz vor dem Rathaus, da stand ein Wagen wie seiner. Dann hab' ich den Schlauch gekauft und eine Flasche Korn. Da war es Anfang November. Ich hab' gemerkt, daß er die Lust verliert, wenn ich länger warte, und dann bin ich wieder vor die Kneipe gegangen, den Schlauch hatte ich in der Tasche und den Korn. Da ist er nicht mehr mit dem Fahrrad gefahren, es war schon zu kalt. Als er rauskam, hab' ich neben dem Wagen gesessen und so getan, als ob ich ihn nicht kommen höre. Er hat versucht, meinen Hintern anzufassen, aber ich bin aufgesprungen, und dann bin ich mit ins Auto gestiegen. Er ist losgefahren, aber nicht in den Ort, sondern in die andere Richtung und dann abgebogen in den Feldweg, wo sie ihn gefunden haben. Ich hab' mich nicht ausgezogen, sogar die Handschuhe hab' ich anbehalten. Ich wußte ja, daß er nur meinen Hintern wollte, aber erst hab' ich ihm noch die Flasche gezeigt. Er wollte noch trinken. Ich hab' so getan, als ob ich auch trinke, bis die Flasche fast leer war. Dann hat er den Motor ausgemacht, er war soweit, das konnte ich sehen, und ich hab' ihm gegeben, was er wollte. Da waren wir auf dem Rücksitz, und ich hab' mir den Kopf an der Scheibe aufgeschlagen. Er ist dann ruhig geworden, und ich hab' gemerkt, daß er eingeschlafen ist. Ich hab' seine Hose zugemacht und bin über den Sitz gestiegen und hab' den Motor angemacht. Der Schlauch hat gut über den Auspuff gepaßt. Er war auch lang genug. Ich hab' ihn durch das Fenster neben dem Rücksitz geschoben und die Ritze mit seinem Parka zugestopft, den hatte er ausgezogen. Sein Kopf hat auf der Rücklehne gelegen, und ich hab' den Schlauch direkt neben ihn gelegt. Ich wußte ja nicht, wie lange er schläft. Er hat geschnarcht, der Mund stand offen, und wenn er die Augen auch offen gehabt hätte, hätte er ausgesehen wie der Eber. Ich bin dann über den Acker nach Hause gegangen. Die Schollen waren gefroren und das Wasser dazwischen auch. Es hat gekracht beim Gehen. Das war das einzige Geräusch in der

Nacht, bis auf den laufenden Motor. Ich hab' gut geschlafen. Nur noch einer übrig, dachte ich, und für den fällt mir auch noch was ein.«

Eine deine dumme Käth
wemmer metze, hammer Speck,
wemmer backe, hammer Brot,
wemmer sterbe, sammer tot.

Gegen Abend hörte es auf zu regnen. Die Luft war weich und warm. Abende wie diesen nannte Bella bei sich »Großvater-Abende«. Während sie die Haustür hinter sich abschloß, zitierte sie Block.

Hier blüht die Stille, sanft bewegend
das schwere Schiff der Seele, und
das leicht geneigte Schiff beleckend,
legt sich der Wind,
ein braver Hund.

Alexander Block und ihre Großmutter hatten sich nur ein paar Monate gekannt. Block hatte im Mai 1920 in Moskau einen ersten öffentlichen Literaturabend gegeben. Das von den Folgen von Revolution und Bürgerkrieg geschüttelte Moskau hatte ihm zu Füßen gelegen. Es hieß, die südländische Schönheit der jungen Frau, die später Bellas Großmutter werden sollte, habe ihn, den großen, verzweifelnden Dichter, zu Tränen gerührt. Bella malte sich mit Vorliebe seit ihrer Kindheit an Sommerabenden die Begegnung der beiden aus. Aber ihre Gedanken waren heute nicht wirklich bei der Sache.

Die Schwalben waren mindestens drei Etagen höher gerückt. Auf die Gummistiefel hatte sie bei ihrem Gang zur Kneipe verzichtet, was allerdings leichtsinnig gewesen war angesichts der großen Mengen von dicken, braunen Nacktschnecken, die die Straßenränder bevölkerten. Sie ging vorsichtig, um die Schnecken nicht zu zertreten. Vor der Kneipe standen zwei Schilder mit dunkelrosa Plakaten. Das alljährliche Sommerfest wurde für das Wochenende angekündigt. Die Fenster des Schankraums waren geschlossen.

Als sie eintrat, sah der Wirt ihr feindselig entgegen. Um den Tresen standen ein paar Männer, die ihr Gespräch abbrachen. Diese Männer hatte sie noch nie gesehen. Sie trugen trotz der sommerlichen Jahreszeit halbhohe Lederstiefel. Ihre grünen Hosen steckten in den Stiefelschäften, die Hemden, ebenfalls grün und frisch gebügelt, waren offen und die Ärmel hochgekrempelt. Es ging so viel aggressive Ordentlichkeit von ihnen aus, daß sie bedrohlich wirkten. Offensichtlich fühlten sie sich durch ihre Anwesenheit gestört. Sie kümmerte sich nicht um die feindseligen Blicke, nahm die Zeitung vom Tresen und setzte sich in den angrenzenden Gastraum. Es dauerte lange, bis der Wirt kam, um nach ihren Wünschen zu fragen. Sie bestellte das übliche Bauernfrühstück. Er hob die Klappe an der Wand hinter dem Tresen hoch, rief die Bestellung in das Loch in der Wand und schloß die Klappe wieder. Sie hatte genau hingesehen, aber außer einem Stückchen buntgeblümter Schürze nichts entdecken können.

Als klar war, daß sie sich nicht vertreiben lassen würde, setzten die Männer ihr Gespräch mit leiser Stimme fort. Der Wirt sah hin und wieder mißtrauisch zu ihr herüber. Anders als bei ihrem ersten Besuch lachte niemand. Der Anblick der Männer hatte eher etwas Verschwörerisches.

Und gleichzeitig Lächerliches, dachte sie. Wie Kinder, die für einen kurzen Augenblick ihr Räuber- und Gendarm-Spiel unterbrechen, um zu beraten, welches Versteck sie als nächstes aufsuchen wollen.

Sie nahm sich vor zu bleiben, bis der letzte Gast gegangen war. Als die Männer endlich den Schankraum verließen, war es schon fast elf Uhr. Zum Schluß waren sie doch noch laut geworden, aber sie hatte ihre Anzüglichkeiten schweigend überhört. Jetzt stand sie auf und ging an den Tresen. Dort lagen noch die Zettel, auf denen der Wirt die Zeche zusammengerechnet hatte. Bella starrte auf die beiden Zettel. Mit steiler Handschrift waren die Beträge untereinander gelistet. Die mit schwarzem Kugelschreiber geschriebenen Zeilen berührten sich, es war kein Platz zwischen ihnen. Bei flüchtigem Hinblicken sahen die Zettel aus wie vollkommen gleichmäßig mit großen Zeilen bekritzeltes Papier. Sie kannte dieses Schriftbild. So sah der handgeschriebene anonyme Brief aus, der Kohlau veranlaßt hatte, sie hierherzuschicken. Da war sie ziemlich sicher. Konnte sie nicht versuchen, einen dieser Zettel unauffällig an sich zu bringen?

Vielleicht hatte sie einen Augenblick zu lange auf die Zettel gestarrt. Betont beiläufig nahm der Wirt sie zwischen seine dicken Finger, zerknüllte sie und warf sie weg. Sie war enttäuscht, aber das Schriftbild hatte sie im Kopf. Sie war sicher, daß es dasselbe war wie auf der Kopie, die Kohlau ihr geschickt hatte. Sie bestellte einen doppelten Aquavit. Er schenkte den Schnaps ein und kam hinter dem Tresen hervor, um die Fenster zu öffnen. Sie hatte sich umgedreht und folgte ihm mit den Augen. Er öffnete das zweite Fenster, und sie sah, wie er ärgerlich das Gesicht verzog. Er beugte sich aus dem Fenster und bewegte die Arme, als wolle er etwas verscheuchen.

Geh nach Hause, Käthe, murmelte er halblaut und bewegte noch einmal die Arme. Sie ging die paar Schritte durch den Raum und stellte sich neben ihn ans Fenster. Draußen, von der Straßenlaterne beleuchtet, ein paar Meter von der Kneipe entfernt, sah sie die alte Frau, mit der niemand sprach. Auch jetzt, in der warmen Jahreszeit, trug sie Wintermantel und Wollmütze. Sie stand da unter der Laterne und lächelte ein sanftes Lächeln gegen die geöffneten Fenster. Dann drehte sie sich langsam um und verschwand in der Dunkelheit.

Der Wirt öffnete das dritte Fenster, sah noch einmal hinaus und ging dann zurück hinter den Tresen. Offenbar glaubte er, die Situation erklären zu müssen, denn er gab die Zurückhaltung auf, die er den ganzen Abend gezeigt hatte, und fing an zu sprechen, bevor sie ihn hätte fragen können.

Ja, das ist schlimm mit so alten Leuten, das ist schlimm. Dabei hab' ich ihr immer was gegeben, das können Sie mir glauben. Aber schließlich bin ich Geschäftsmann. Rücksicht auf die Gäste ist oberstes Gebot. Das ist schlimm, wenn man zu wenig Rente bekommt. Jetzt geht's ja schon, wo es draußen warm ist. Aber im Winter, da kommt sie her und setzt sich hier hin, er zeigte empört in die Ecke, in der ein runder Tisch stand, der als Stammtisch gekennzeichnet war.

Kein Geld für die Heizung, bei der ist es lausekalt im Winter. Zuerst hab' ich sie sitzen lassen, nicht am Stammtisch natürlich, aber da drüben in der Ecke. Aber dann haben sich die Gäste beschwert. Hört und sieht alles, die Alte, entweder wir oder sie. Na ja, ich bin Geschäftsmann, ich hab' sie vor die Tür gesetzt.

Er machte eine Pause und stierte vor sich hin. Auch Bella Block sagte nichts.

So manches Mal hab' ich ihr was zu essen gegeben, so manches Mal, das können Sie glauben, sagte er dann weinerlich. Aber Geschäft ist Geschäft, ich kann sie hier nicht gebrauchen. Soll sie sehn, wo sie bleibt, die hat sich hier nicht rumzudrücken. Bei den letzten Worten war seine Stimme wieder härter geworden. Entschlossen kippte er einen doppelten Korn. Den Vorfall mit den Zetteln hatte er offenbar vergessen. Sie beschloß, ihn noch einmal direkt nach dem Toten im Auto zu befragen, vielleicht würde er reden. Sie tat so, als sei sie mit seiner Erklärung für das Wegscheuchen der alten Frau zufrieden, und stimmte ihm zu.

Ja, man kann kaum glauben, daß es in einer so schönen Landschaft so viel Elend gibt. (Mein Gott, was rede ich bloß für einen Blödsinn, dachte sie.) Und sie ist wohl nicht mal die einzige, die hier Probleme hat. Zwei Selbstmorde in einem Jahr. Die Frau kann ich ja noch verstehen, kann sein, daß sie einsam war. Aber er..., den muß doch ein Unglück getroffen haben. Da muß doch 'ne Menge passieren, bevor sich einer ins Auto setzt und den Schlauch reinlegt...

Völlig überraschend fing der Wirt an zu lachen. Er lachte und lachte, es schien, als könne er sich gar nicht wieder beruhigen, als lache er, um eine andere Reaktion nicht zuzulassen.

Der?

Er prustete noch einmal und wischte mit dem Handrücken über das Gesicht, wobei unklar blieb, ob er Lachtränen oder Schweiß wegwischte.

Der hatte keine Probleme, das können Sie glauben. Der hatte 'ne Frau, die für ihn gearbeitet hat, und ein paar andere, denen er's besorgt hat. Es gibt hier nämlich zu wenig Männer im Dorf, wissen Sie?! Der war kein Kind von Traurigkeit, der nicht.

Aber die Frauen, haben die denn da mitgemacht?

Mitgemacht? Seit wann wird denn die Sau gefragt, wenn der Eber sie bespringen will?

Er sah sie an und merkte, daß er zu weit gegangen war.

Es wurde still, und in die Stille fiel klirrend ein Teller auf die Fliesen hinter der Essenklappe. Sein Gesichtsausdruck, der eben noch lüstern und lustig zugleich gewesen war, veränderte sich beim Geräusch des klirrenden Tellers. Er versuchte, gleichgültig und unbeteiligt auszusehen, nahm einen Lappen in die Hand und begann, den Zapfhahn blankzureiben. Sie beobachtete ihn schweigend. Je länger er rieb, desto entschlossener wurde sein Gesicht, über das dicke Schweißtropfen liefen. Gleich würde er verkünden, daß jetzt Schluß sei. Sie kam ihm zuvor, indem sie noch ein Bier bestellte. Sie hatte Lust, den Fettwanst in die Enge zu treiben. Er begann, das Bier zu zapfen.

Und sie haben ihn gut gekannt, was? Zwei gegen den Rest der Damenwelt, so war's wohl, oder? Ihre Stimme klang schärfer als beabsichtigt. Die Vorstellung, in dem Wirt einen Busenfreund des Dorfcasanovas vor sich zu haben, erregte ihren Widerwillen.

Scheint ihm ja nicht allzu gut bekommen zu sein, seine umfangreiche Tätigkeit. Hoffentlich haben Sie eine Lebensversicherung.

Jetzt war sie zu weit gegangen. Aber er wurde nicht wütend. Er sah sie nur an. In seinen Augen war plötzlich Angst zu sehen, und der Schweiß, der ihm über das Gesicht lief, hätte auch Angstschweiß sein können. Um das Zittern seiner Hände zu verbergen, begann er wild entschlossen, die Theke zu polieren. Wieder war es still, und diesmal klirrte nicht einmal ein Teller im Nebenraum.

Verdammt, dachte sie, ich komme nicht weiter. Jetzt wird er überhaupt nichts mehr sagen.

Lebe glücklich, lebe froh,
wie der König Salomo.
Der auf seinem Stuhle saß
und ein Stückchen Käse aß.
Lebe glücklich, werde alt,
bis die Welt in Stücke knallt.

Wie sie nach Hause und ins Bett gekommen war, wußte sie am nächsten Morgen kaum noch. Sie und der Wirt hatten eine Unmenge Schnäpse getrunken, auf Kosten des Hauses, und nur mit Mühe war es ihr gelungen, nicht zuzulassen, daß er sich mit seinen dicken Fingern an ihr zu schaffen machte. Am Morgen ging's ihr schlecht. Unangenehme Nackenschmerzen, die den ganzen Tag über bleiben würden, sie kannte das von anderen Gelegenheiten, und unstillbarer Durst auf alles, was säuerlich schmeckte und keinen Alkohol enthielt, beherrschten sie völlig. Es wäre wirklich das beste gewesen, den Tag bei abgedunkelten Fenstern im Bett zu verbringen. Aber leider war Kohlau auf den Einfall gekommen, ihr den jungen Beyer zur Unterstützung zu schicken. Der tauchte dann prompt am frühen Abend auf.

Bella Block lag auf ihrem Bett im Arbeitszimmer, neben sich ein Glas mit Zitronensaft ohne Zucker, und versuchte, die Kopfschmerzen durch Nichtdenken zu bekämpfen. Aus dem leichten Dämmerschlaf schreckte sie eine Klingel auf. Es dauerte eine Weile, bis sie begriff, daß es ihre eigene Haustürklingel war, die ihr auf die Nerven ging. Ächzend erhob sie sich. Der Kopf tat jetzt noch mehr weh als am Morgen. Ihr war übel. An essen war nicht zu denken, allein der Gedanke daran war eine Qual. Sie ging zur Tür, es hatte mindestens schon viermal geklingelt, öffnete und sah vor sich den strahlenden Beyer. Er hielt eine Zeitung in der einen und eine Rose in der anderen Hand, strahlte sie an und sagte seinen Spruch auf. Die Zeitung schickt Ihnen Kohlau, und die Rose ist von mir. Ich möchte Sie gern zum Essen einladen. Dann können Sie mir erzählen, wie es läuft. Kann ich bei Ihrer Wirtin ein Zimmer haben? Ich muß erst am Montag wieder zurück sein. Wunderschön hier draußen, Sie sind zu beneiden.

Bella war nicht gleich im Bilde. Wieso Montag? Und was will er mit der Blume, wieso Essen, welche Wirtin? Aber sie war wenigstens in der Lage, ihn hereinzubitten und ihm die Zeitung abzunehmen. Sie setzte ihn auf einen der Sessel vor dem Kamin. Dann merkte sie, daß sie außer ihrem dünnen Morgenrock, der an den entsprechenden Stellen viel zu eng war, nichts anhatte. Offenbar schwärmte Beyer für dicke Frauen, jedenfalls seinen bewundernden Blicken nach zu urteilen. Sie murmelte irgend etwas von ›Zeitung weglegen‹ und verschwand in ihrem Zimmer, um sich etwas anzuziehen. Es ließ sich nicht vermeiden, dabei einen Blick in den Spiegel zu werfen. Gegen die Tränensäcke war jetzt doch nichts zu unternehmen, die erschienen immer nach Sauftouren und brauchten ein paar Tage Abstinenz – immer mehr Tage übrigens, je älter sie wurde –, um wieder zu verschwinden. Aber sie wollte sich wenigstens etwas Nettes anziehen. Leider war nichts da, woher auch, und so kam sie nach fünf Minuten zurück, in der alten Hose und einem ausgeleierten T-Shirt, ohne BH. Den hatte sie vergessen anzuziehen, was sich aber als günstig erwies, um Beyer von den Tränensäcken abzulenken und von ihrem allgemeinen Zustand. Die Ablenkung war übrigens vollkommen.

Er saß noch immer auf dem grünen Sessel, ziemlich selbstverständlich, wie sie fand, und hielt ihr die Rose hin.

Vielleicht gibt's etwas Wasser dafür? fragte er und sah ihr bewundernd entgegen.

Wasser, dachte Bella, genau das, was ich brauche.

Sie ging in die Küche, um eine Vase zu suchen, und Beyer kam ihr nach. Er versuchte jetzt, ein wenig dezenter auf ihren Busen zu starren.

Wahrscheinlich einer von denen, die's gern groß haben, dachte sie. Aber er war ihr nicht unsympathisch, und deshalb beschloß sie, seine Glotzerei nicht zu beachten. Ganz langsam begriff sie auch, was er mit Montag, Essen und Wirtin gemeint hatte. Während sie sich in den grünen Sesseln gegenübersaßen, sie mit einem Glas Zitronensaft ohne Wodka, er mit, beschloß sie, ihm die Lage zu erklären, jedenfalls ihre Lage. Er zeigte volles Verständnis dafür, daß sie am Abend vorher genötigt gewesen war, mit dem Wirt zu trinken. Aber er wollte nicht darauf verzichten, sie zum Essen einzuladen.

Hinterher geht es Ihnen sicher besser, erklärte er freundlich, und so fand sie sich ziemlich bald neben ihm in einem engen, schwarzen Sportwagen, den er glücklicherweise langsam fuhr, um den schönen Abend zu genießen, wie er grinsend erklärte. Ihr tat noch immer der Kopf weh, und die Bewegung zur Seite, um ihn anzusehen, verursachte ihr Übelkeit.

Sie wollte auf keinen Fall schon wieder in die Dorfkneipe und ließ ihn deshalb ein paar Kilometer weiterfahren.

Als sie ihm in dem kleinen Gasthaus, zu dem sie ihn dirigiert hatte, gegenübersaß, fand sie wieder, daß er überhaupt nicht wie ein Kriminalbeamter aussah. Das gefiel ihr und machte sie gleichzeitig traurig.

Dich werden sie verbiegen, dachte sie.

Er bestellte für sie – sie hatte gesagt, es sei ihr völlig gleichgültig, was sie essen würde – eine kräftige Brühe, Rührei ohne Schinken und eine Tasse starken Kaffee. Er selbst schien einen Riesenhunger zu haben, denn er aß Rühreier mit Schinken als Vorspeise, ein riesiges Steak mit grünen Bohnen und Brot und bestellte dann für beide ein großes Stück Himbeertorte, wovon er behauptete, daß sie besonders gut gegen Kopfschmerzen sei.

Bella hatte schon nach der Suppe kaum noch Kopfschmerzen gehabt und aß jetzt mit Vergnügen die Himbeertorte. Es gefiel ihr, daß er Brot anstatt der angebotenen Pommes frites verlangt hatte, ihr war der Geruch von Pommes frites zuwider, besonders in ihrem lädierten Zustand. Sie beschloß, ihm zu erzählen, daß das Haus ihr gehörte und sie keine Wirtin fragen mußte, ob er ein Zimmer haben könne. Als er begriff, daß sie ganz allein in dem großen Haus wohnte, strahlte er sie an.

Toll, dann kann ich ja übers Wochenende bei Ihnen bleiben.

Nach einigem Zögern stimmte sie zu. Vielleicht konnte es nützlich sein, ihn beim Sommerfest dabei zu haben. Trotzdem zögerte sie noch immer, ihm ihre Vermutung über die Toten auseinanderzusetzen. Sie sprachen weiter von ›Selbstmord‹ und machten sich gemeinsam über Kohlaus Spinnereien lustig, sowohl über seine Selbstmord-Theorie, als auch über die Montagslagen, die sie Montagsplagen nannten.

Dann bemerkte sie, daß er große, dunkle Augen hatte und ziemlich kleine Hände, und als sie sich dabei ertappte, zu überlegen, wie empfindsam er wirklich war, beschloß sie, den Abend zu beenden. Auf dem Rückweg schwiegen sie. Sie zeigte ihm sein Zimmer im ersten Stock, erklärte ihm, daß die Haustür offenbleiben könne, forderte ihn auf, ruhig noch einen Spaziergang zur Kneipe zu unternehmen, und ging mit einem entschlossenen »gute Nacht« in ihr Zimmer.

Wie er dann ebenfalls in ihr Zimmer und in ihr Bett gekommen war, war nicht ganz klar. Auf jeden Fall hatte sie eine sehr angenehme Nacht gehabt. Offenbar liebte er nicht nur große Busen, sondern Frauen von Kopf bis Fuß, und es tat ihr ein bißchen leid, daß sie ihn zurückschicken mußte. Das war dann allerdings gar nicht nötig, denn am nächsten Morgen saß er reisefertig vor dem gedeckten Frühstückstisch in der Küche. Er mußte in den nächsten Ort gefahren sein, um einzukaufen, ohne daß sie etwas gehört hatte. Und jetzt wartete er auf sie. Für Bella war immer klar gewesen, keine Affären mit Kollegen anzufangen. Als er ihr jetzt gegenübersaß und ganz ernsthaft erklärte, er fände sie wundervoll, aber er hätte sich vorgenommen, nie im Dienst eine Affäre anzufangen, fand sie ihn deshalb besonders liebenswert. Es gab keinen Grund, ihm das nicht zu sagen, aber jeden Grund, nicht noch einmal im Bett zu landen. Deshalb lobte sie seine Grundsätze ein wenig von oben herab, um ihn abzukühlen, denn er richtete seine Blicke schon wieder ziemlich begehrlich auf ihren engen Morgenrock und auf die Teile ihres Körpers, die in Modezeitungen »Problemzonen« genannt wurden.

Nach dem Frühstück fuhr Beyer ab. Unter dem Frühstücksgeschirr kam, als sie abräumte, das Schwein zutage, das der Junge von nebenan auf die Tischplatte gemalt hatte. Sie wunderte sich, weshalb Beyer es nicht abgewischt hatte, bevor er den Tisch deckte.

Der Kuckuck ist ein braver Mann,
der sieben Frauen halten kann.
Die erste fegt die Stube aus,
die zweite bringt den Unflat raus,
die dritte nimmt den Flederwisch
und fegt dem Kuckuck seinen Tisch.
Die vierte holt ihm Brot und Wein,
die fünfte schenkt ihm fleißig ein,
die sechste macht ihm's Bette warm,
die siebte schläft in seinem Arm.

Die leere Scheune gab keine Anhaltspunkte her, wonach suchte sie denn? Kein Seil hing vom Deckenbalken, der Boden war leergefegt, Staub und Spinnweben überall und der Geruch nach Stroh. Und Schweinemist. Der kam aber von draußen. Bella lehnte am Türpfosten, das Scheunentor hatte sie offen vorgefunden. Plötzlich hörte sie hinter sich das Geräusch eines Wagens, der auf den Hof fuhr und hart bremste. Ein BMW, dachte sie automatisch, drehte sich um und sah in aufwirbelndem Staub einen großen, weißen BMW mitten auf dem Hof stehen. Sie rührte sich nicht, wartete nur, was geschehen würde. Sie mußte nicht lange warten. Die beiden Vordertüren öffneten sich gleichzeitig. Zwei Männer in hellen, eleganten Hosen, schwarzem und rotem Seidenhemd, der eine ein goldenes Armband, der andere – sie kam gar nicht dazu, die beiden ausgiebig zu betrachten. Jedenfalls paßten sie auf den Hof wie Schweinezüchter im Arbeitsanzug in die

Spielbank von Monte Carlo. Sie verschwanden eilig um die Hausecke, erschienen wieder im Hof, nachdem sie das Haus umrundet hatten. Gingen auf sie zu, eilig an ihr vorbei, wobei sie ihr einen so widerlich abschätzenden Blick zuwarfen, daß sie vor Wut rot wurde, sahen kurz in die Scheune.

Sechzigtausend, mehr nicht, sagte der mit dem schwarzen Hemd.

Darauf der andere:

Der Umbau wird teuer genug. Und die Weiber müssen auch tagsüber Platz haben. Alles andere ist Mist.

Will der Wiener denn mitmachen?

Er muß, er muß.

Beide lachten, während sie an ihr vorüber zum Auto gingen. Sie hatte darauf gewartet, daß sie sie anrempelten. Mindestens einer wäre hinterher für die Reinigung in Frage gekommen. Aber sie nahmen sie so wenig zur Kenntnis wie das Gras, das zwischen den Kopfsteinen des Hofes gewachsen war, seit die Frau ihn nicht mehr bewirtschaftete. Als der Wagen aufheulend an ihr vorüberfegte, meinte sie, auf dem Rücksitz zwei Mädchen zu sehen mit gelangweilten Gesichtern.

Noch keine achtzehn.

Der Gedanke gab ihrer Wut noch mal einen Tritt, so daß sie aufsprang und im Magen einen kleinen Aufstand anzettelte. Vergeblich natürlich, vollkommen sinnlos. Während diese beiden Kinder mit ihren Zuhältern spazierenfuhren, waren überall auf der Welt noch jüngere den Herren zu Diensten, für Geld oder ums Überleben.

Sie würde es nicht ändern. Nicht mal, wenn's vor meiner eigenen Haustür passiert? Nicht mal dann. Das hatte sie nach einer halben Stunde sogar amtlich bestätigt. Ihr Versuch, den Bürgermeister aufzuklären, was die Käufer des Hofes vorhatten, scheiterte kläglich. Der Bürgermeister, ein kleines, nervöses Männchen, in einem Wust von Papieren am Schreibtisch in der guten Stube sitzend, empfing sie offenbar ungern. In dem totalen Durcheinander war er mit der Vorbereitung des Sommerfestes beschäftigt. Und überfordert. Über dem Sessel hingen einige Transparente. Sie konnte nur »Willkommen in« lesen. Während sie mit ihm sprach, rief zweimal jemand aus der nahen Kaserne an. Sie verstand, daß es um Erbsensuppe ging und eine englische Paradetruppe. Im übrigen stellte sich heraus, daß der Bürgermeister den Verkauf des Hofes »für die Kinder« selbst in Gang gebracht hatte. Er hätte auch schon so seine Vermutungen gehabt, aber die Leute seien liquide, und seine Stimme wurde vertraulich, und sie täuschte sich nicht über das träumerische Glitzern in seinen Mausaugen, seien wir mal ehrlich, ein bißchen Aufmunterung können wir doch alle vertragen, was?

Seine Frau war, das wußte Bella, seit einem halben Jahr im nahe gelegenen Kreiskrankenhaus. Sie war nach dem letzten Jägerball die Treppe hinuntergefallen. An den komplizierten Brüchen laborierten die Ärzte bis jetzt.

Ja, sagte sie, das stimmt.

Drehte sich um und ging, um sich zu Hause einen

Wodka zu genehmigen. Er war als Aufmunterung gedacht, aber erst mal schlief sie auf dem Sofa ein.

Geweckt wurde sie durch durchdringendes, hohes Katzengeschrei, das nach kurzer Zeit verstummte. Einen Augenblick blieb sie wie betäubt liegen. Irgend jemand hatte in ihrem Traum Kinder geschlagen. Dann spürte sie einen mächtigen Hunger. Aber der Anblick der Reste vom Frühstück im Kühlschrank, das der kleine Beyer besorgt hatte, stimmte sie melancholisch.

Mein Gott, ich werde sentimental, dachte sie, nahm die Jacke vom Haken und ging dem obligatorischen Bauernfrühstück entgegen.

Schon von weitem sah sie den weißen BMW vor der Tür der Kneipe stehen. Die Fenster standen weit offen, und sie hörte brüllendes Gelächter, als sie näherkam. In der festen Absicht, sich von den Zuhältern nicht die Laune verderben zu lassen, ging sie weiter. Vor dem ersten geöffneten Fenster wurde sie von einer Lachsalve gestoppt. In das Lachen hinein hörte sie die Stimme des Mannes mit dem roten Hemd.

Und weshalb werden die Schweine heute künstlich befruchtet, na?

Die fettige Stimme des Wirts, von Lachen unterbrochen: Das ist praktischer und billiger, weil da der Bauer gleich mehrere Säue auf einmal vornehmen kann.

Brüllendes Gelächter. Es mußten mindestens sechs Männer in der Kneipe sein. Die Stimme des Wirts überschlug sich fast. In das Grölen hinein betrat sie die Kneipe und sagte laut: Hier stinkt's nach Loddel.

Es wurde still. Die Männer sahen ihr entgegen. Sie ging an den Tresen. Es war immer noch still. Der mit dem roten Hemd patschte einen Fünfzigmarkschein auf den Tresen.

Los, wir gehen.

Um die Ecke, aus dem hinteren Teil der Gaststube, kamen zwei Mädchen, blaß, langhaarig, vollbusig. Die vier zogen zur Tür. Der mit dem roten Hemd drehte sich noch einmal um, hob die Hand, den Daumen zwischen Zeigefinger und Mittelfinger geschoben, grinste und sagte: Nicht vergessen, mehrere Säue auf einmal.

Entweder sie wissen, wer ich bin, oder der Vertrag ist noch nicht unterschrieben, wahrscheinlich ist es der Vertrag, dachte sie und bestellte in das grinsende Gesicht des Wirts hinein eine Currywurst mit Salat, damit ihre Übelkeit einen konkreten Grund bekam.

Diesmal nahm sie, während sie auf das Essen wartete, nicht die Zeitung vors Gesicht. Sie setzte sich in die Nähe der noch immer am Tresen stehenden Männer. Der Wirt, der Fahrer des Ölwagens, ein kleiner, dunkler Typ, der aussah, als hätten seine Vorgänger, die noch Kohlen gefahren hatten, ihm den schwarzen Staub hinterlassen, und der pickelige Jüngling aus dem Nachbardorf waren übriggeblieben. Sie sah ihnen an, daß sie noch nicht ganz abgekühlt waren. Aber sie trauten sich nicht, unter ihren herausfordernden Blicken die Schweinigeleien fortzusetzen.

So begannen sie ein Gespräch, das ziemlich bald bei den Vorbereitungen zum Sommerfest landete. Die

Männer hatten ihr den Rücken zugedreht. Nur das Gesicht des Wirts konnte sie sehen. Er hatte tiefe, dunkle Ränder unter den Augen. Immer noch lachte er viel zu laut. Er war auch blasser als sonst. Ständig wischte er sich mit dem Handrücken über das Gesicht. Sein Hemd war naß. Viermal hatte er sein Schnapsglas nachgefüllt, seit sie gekommen war.

Wenn er so weitermacht, wird er nachher nur noch lallen können, dachte sie, aber es war ihr gleichgültig. Sie hatte sowieso keine Lust, mit ihm zu reden.

Die Männer gingen früher als sonst, nicht ohne daß der schwarze Fahrer ihr einen bösen Blick zugeworfen hatte. Sie saß allein vor dem unbeschreiblichen Matsch aus Mayonnaise, Ketchup, Kartoffelstückchen und Industriefleisch, das als Currywurst mit Kartoffelsalat den ersten Platz auf allen Speisekarten der Gegend erobert hatte.

Welche merkwürdigen Formen der Fortschritt annimmt, dachte Bella tiefsinnig und ließ genüßlich weiße und rote Matschströme ineinanderfließen, so daß sie am Ende eine wunderschön rosafarbene Soße auf dem Teller hatte, die ohne weiteres auch zur Verzierung einer Buttercremetorte geeignet gewesen wäre. Jedenfalls was die Farbe betraf. Beschäftigt wie sie war, überhörte sie das Räuspern des Wirts, bis es so laut wurde, daß es nicht mehr zu überhören war.

Sie sah hoch und grinste ihn an, locker und immer noch wütend. Am liebsten hätte sie ihm wortlos den Matsch auf dem Teller ins Gesicht geklatscht. Er nahm ihr herausforderndes Grinsen nicht zur Kenntnis. Im Gegenteil, er schien kleiner geworden zu sein, seit die anderen weg waren, und noch nervöser.

Er hat tatsächlich Angst, dachte sie, na gut, dann soll er mal rausrücken damit, was hier eigentlich los ist. Er kam hinter dem Tresen hervor und setzte sich zu ihr. Neben sich stellte er die beschlagene Schnapsflasche und zwei Gläser. Als er den Schnaps einschenkte, der dickflüssig in die Gläser lief, stieß er ein paarmal mit dem Flaschenhals an den Gläserrand. Er trank sein Glas hastig leer. Als sie keine Anstalten machte, das andere Glas anzufassen, nahm er es kurzentschlossen und kippte es hinterher.

Sie müssen auf mich aufpassen, sagt er unvermittelt und sah sie mit einem jämmerlichen Hundeblick von unten herauf an. Mit der linken Hand fummelte er aus seiner Hosentasche ein zerknülltes Stück Zeitung hervor und schob es ihr über den Tisch. Es war ein Schwein darauf abgebildet. Bella hatte keine Lust, es sich anzusehen. Sie schnippte es mit den Fingern zu ihm zurück. Da begann er zu reden.

Hau der Katz den Schwanz ab,
hau ihn doch nicht ganz ab,
laß ihr noch ein Stummel dran,
daß sie kann zur Kirche gahn.

Später ging sie auf der Landstraße zurück ins Dorf. Im Mondlicht lag es vor ihr, schwer und dunkel, erst im Näherkommen unterschied sie Häuser, Scheunen, Büsche. Es war still, aber der Motor, der den ganzen Tag über die Kornlüftungsanlage betrieben hatte, war abgestellt worden. Warm und schwer vom Gestank nach Schweinemist hing die Nachtluft über den Dorf. Bella hätte gern nachgedacht über das, was der Wirt ihr schwitzend, flüsternd erzählt hatte. Es ging nicht, jedenfalls nicht so, wie es sein sollte. Geschichten fielen ihr ein, die in keinem Zusammenhang standen mit dem, was sie gehört hatte. Einmal hatte sie mit einem Jungen aus der Nachbarschaft, er war zwei Jahre jünger als sie, gemeinsam Schularbeiten gemacht. Sie hatte seinen Aufsatz über einen Besuch im Zoo auf Fehler durchgesehen und war über den Satz – »Sie haben dort 3,4 Giraffen« – erstaunt gewesen.

Was sind denn 3,4 Giraffen? hatte sie gefragt.

Drei Männer und vier Frauen natürlich, die hinterm Komma sind die Frauen.

Aus irgendeinem Grund, sie hätte damals nicht sagen können, weshalb, war sie wütend geworden und hatte ihm den Aufsatz vor die Füße geworfen. Von da an hatte sie sich geweigert, ihm bei seinen Schulaufgaben zu helfen, sehr zum Ärger ihrer Mutter.

Ohne Übergang, sie konnte den Hof im Licht des Mondes nur in seinen Umrissen erkennen, fiel ihr die Frau des Bauern ein, die sie aufgesucht hatte, um sich über den Jungen zu beschweren. Und es schien ihr, als gäbe es nicht nur diese völlig überarbeitete Frau, als wären vielmehr auf allen diesen Höfen, in allen Dörfern überarbeitete Frauen dabei, mühsam die Höfe zu erhalten durch Arbeit, Arbeit, Arbeit...

Sie versuchte, ihre Gedanken zu ordnen. Der Geruch nach Schweinemist wurde stärker, je näher sie dem Dorf kam. Sie wollte nicht in das dunkle, stinkende Dorf zurück, setzte sich an den Straßenrand und versuchte sich einzureden, daß nichts geschehen war. Da vorn lag das Dorf, und ihr Haus, von Holunderbüschen umgeben. Von der alten Terrasse würde sie morgen einen wunderschönen Blick über Wiesen und Knicks bis hin zum Waldrand haben. Es gab nichts Schöneres, als den Wechsel der Jahreszeiten vom Fenster ihres Arbeitszimmers aus zu beobachten. Es würde einen wunderbaren Herbst geben. Die rotgelben Boskopäpfel mußten in die Mosterei gebracht werden, es waren immer zu viele. Und im November erstarrt das Land, langsam, bis auch das Geschrei der Gänse verstummt. Dann würde es Bratäpfel geben und Glühwein, wenn sie von langen Spaziergängen zurückkam. Sie würde Lebensmittel einkaufen und sich selbst etwas zu essen machen. Sie mußte nicht in die Kneipe gehen. Es war gar nicht nötig. Sie würde anfangen, das Dach auszubauen. Es würde sich jemand finden, der ihr half. Nach der Arbeit würden sie vor dem Kamin sitzen und lesen. Schon lange hatte sie im Herbst Tulpen und Narzissen pflanzen wollen, das könnte sie diesmal schaffen. Sie müßte sich nur einen Zettel schreiben und endlich eine Pinnwand in der Küche aufhängen.

Ja, dachte sie, es geht, mit ein bißchen Überlegung kann der Garten noch schöner werden. Und die netten Herren, die den Sauna-Club gegenüber besuchen, haben auch etwas davon. Bewundernd werden sie über die Gartenmauer sehen und denken: War doch eine gute Idee, diesmal aufs Land zu fahren. Wo hat man das schon, so junge Mädchen und so schöne Gärten... Sie stand auf und konnte sich doch nicht entschließen, weiter zu gehen. Sie wollte nicht zurück ins Haus, bevor – aber es gab nichts, was vorher zu klären war. Nur einen kleinen Plan mußte sie machen für die nächsten zwei Tage. Sie mußte jetzt nicht entscheiden, ob sie das Haus behielt und zurückging an ihre Arbeit. In die Montagslage, wo sie Bericht geben würde über den Fall in Roosbach, und Kohlau die übliche Maschinerie in Gang setzen würde, während die Kollegen in der Mittagspause sie mit dem gewissen Glitzern in den Augen, aber vollkommen sachlich nach Einzelheiten fragen würden.

Langsam ging sie weiter. Ein leichter Wind war aufgekommen, der Geruch würde verschwinden in den nächsten Stunden. Vielleicht könnte sie bei offenem Fenster schlafen. Zwei Tage würde sie noch bleiben. Der Wirt fürchtete sich. Er war bedroht worden, und er hatte Angst, daß er während des Sommerfestes getötet werden würde. Sie hatte ihm versprochen, da zu sein und einen dritten Unfall zu verhindern. Das Versprechen würde sie halten. Dann würde sie abfahren.

Im Dorf waren alle Fenster dunkel. Als sie am Haus der Bäuerin vorüberkam, meinte sie, hinter einem abgedunkelten Fenster einen Lichtschein zu sehen. Es mußte das Zimmer der Alten sein, denn sie hörte einen wimmernden Ton, oder sie glaubte, ihn zu hören.

Ihr Haus lag im Mondlicht wie ein verwunschenes Schloß. Behutsam öffnete sie die Haustür, um die Stille nicht zu durchbrechen. Durch die hohen Fenster am anderen Ende der Halle fiel genug Mondlicht, so daß sie den Weg in die Küche fand, ohne das elektrische Licht anmachen zu müssen. Auch die Küche war hell. Die Stühle warfen lange Schatten auf dem Fußboden. Sie ging an den Kühlschrank und holte die Wodkaflasche hervor. Auf dem Küchentisch, der im Mondlicht glänzte, stand noch das Glas vom Nachmittag. Sie goß es voll und stellte sich ans Fenster, um hinauszusehen.

Es war, als hätt' der Himmel die Erde still geküßt. Eichendorffs »Mondnacht« fiel ihr ein, und während sie die Zeilen zusammensuchte, gerade als sie angekommen war bei »... und meine Seele spannte weit ihre Flügel aus«, fiel ihr Blick auf die Katze, die am Rand der Terrasse lag. Der Wind blies sachte über das schwarz-weiße Fell, das sich ein wenig nach oben stellte.

Da lag wirklich die toteste Katze, die sie je gesehen hatte.

Mich dünkt, wir geben einen Ball,
sprach die Nachtigall.
So? sprach der Floh.
Was werden wir essen?
sprachen die Wespen.
Nudeln! sprachen die Pudeln.
Was werden wir trinken?
sprachen die Finken.
Bier, sprach der Stier.
Wein! sprach das Schwein.
Wo werden wir tanzen?
sprachen die Wanzen.
Im Haus! sprach die Maus.
Auf dem Tisch! sprach der Fisch.

Bella Block schlief unruhig und war schon sehr früh wach. Sie zog sich an, ohne zu duschen, holte einen Spaten und die Schubkarre aus der Tenne, balancierte die tote Katze, die steif auf dem Spaten lag, in die Karre und schaffte sie unter die Eichen am Rand des Gartens. Dort begann sie, ein Loch auszuheben, tief. Sie erinnerte sich an den Schäferhund, der ein Stück Aas ausgegraben und durch die Terrassentür gezerrt hatte. Sie konnte das Haus ein paar Tage nicht betreten. Sie grub noch tiefer, ließ dann die tote Katze von der Karre in das Loch rutschen und begann, die Erde wieder zurückzuschaufeln. Als die erste Ladung Erde auf den toten Körper fiel, gab es ein unangenehmes Geräusch. Sie trat die oberste Erdschicht fest, schob Gartenabfälle über die frische Erde, legte den Spaten auf die Karre und fuhr diese zurück in die Tenne. Sie hatte keine Lust, weiter über den Tod der Katze nachzudenken, nicht an einem so herrlichen Sommermorgen.

Im Dorf war es still. Die Erntefahrzeuge waren schon sehr früh ausgefahren. Am Himmel war keine Wolke zu entdecken, und die Sonne wärmte schon jetzt. Bella setzte sich auf die Stufen vor der Haustür, schob die Hosenbeine hoch und ließ sich von der Morgensonne bescheinen. Aus den Feldern kam langsam ein Trecker gefahren, den Anhänger hoch beladen. Als er näher gekommen war, unterschied sie drei junge Männer, die im Fahrerhaus saßen. Auf dem Anhänger waren Holz und trockene Zweige gestapelt. Der Trecker fuhr langsam auf den Dorfplatz und hielt. Die jungen Männer begannen abzuladen. Der Holzstoß wurde aufgeschichtet für das Feuer am nächsten Abend.

Drüben im Garten erschien Frau Petersen, sah sie in der Sonne sitzen und winkte Guten Morgen über den Zaun. Bella stand auf, ging über den Rasen an den Gartenzaun und wechselte ein paar Worte mit der Nachbarin. Die war auf dem Weg zum Friseur. Vor dem Fest mußte die Dauerwelle erneuert werden. Der Friseur hatte seinen Laden am Ausgang des Dorfes. Es war der einzige Laden, der noch existierte. Er lebte davon, vor den Dorffesten den Frauen die traditionellen Dauerwellen zu verpassen und hin und wieder einem jungen Mädchen die erste Dauerwelle anzutun. Damit war das Mädchen dann in den Kreis der Kundinnen aufgenommen und wurde von da an regelmäßig vor den Dorffesten ebenfalls in der Anmeldeliste für eine Dauerwellenbehandlung geführt. Diese Liste wurde nach einer bestimmten Rangordnung aufgestellt, wobei die Frau des Bürgermeisters als letzte verschönert wurde, und die jungen Mädchen sich schon ein paar Tage vor dem großen Ereignis der Behandlung zu unterziehen hatten. Frau Petersen erzählte, daß neuerdings eine gewisse Unzufriedenheit unter den Kundinnen herrschte, was zum einen die fachlichen und zum anderen die menschlichen Qualitäten des Friseurs anging. Es war langsam offenbar geworden, daß, wie Frau Petersen sagte, er nur »eine einzige Frisur konnte«, und alle Frauen nach der Behandlung gleich aussahen. Zudem hatte seine Monopolstellung ihn mit der Zeit wohl übermütig gemacht, denn es ging das Gerücht, daß er beim letzten Mal zur Frau des Bürgermeisters in Anwesenheit anderer Damen gesagt haben sollte:

Na, dann wollen wir mal versuchen, aus Ihren drei Haaren das Beste zu machen.

Sowohl wegen der Gleichmacherei als auch wegen dieser Unhöflichkeit braute sich über dem Friseur eine Existenzkrise zusammen, aber im Augenblick grollte es erst im Untergrund. Frauen waren übrigens die einzigen Kunden des Friseurs. Männern und Kindern wurden die Haare von Müttern oder anderen weiblichen Familienangehörigen geschnitten. Aus Sparsamkeitsgründen. Was den Effekt hatte, daß die Dauerwellenbehandlung der Frauen als Luxus galt und den Frauen ein schlechtes Gewissen machte. Das wiederum wurde dann nach den Friseurbesuchen durch ein besonderes Entgegenkommen im Bett entlastet; allerdings frühestens am Abend des ersten Festtages, um die teure Pracht nicht vorzeitig in Unordnung zu bringen.

Noch während Bella am Zaun mit Frau Petersen sprach, erschien wie zur Illustration der segensreichen Tätigkeit des Friseurs ihre Schwester, die am Tage zuvor behandelt worden war. Bella konnte sich ein genaues Bild davon machen, wie Frau Petersen in drei Stunden aussehen würde.

Der Schwester schien es besserzugehen als bei ihrem letzten Treffen am Kaffeetisch. Sie lächelte freundlich und etwas schüchtern über den Zaun und erkundigte sich nach der Ursache für das Katzengeschrei am gestrigen Nachmittag. Bella lächelte aufmunternd zurück und erzählte den beiden Frauen von der verendeten Katze. Sie sprachen einen Augenblick über die Unsitte, Giftköder auszulegen. Dann ging sie zurück ins Haus, um zu duschen. Frau Petersen machte sich auf, ihrer Schwester noch ähnlicher zu werden. Die Schwester verschwand im Haus, um, wie sie sagte, »die Küche zu machen«. Vom Dorfplatz herüber klangen die ersten Hammerschläge. Die Bretterbuden wurden aufgebaut, in denen am Nachmittag Landwurst aus der eigenen Schlachterei und Kitsch aller Art aus den in der Gegend ansässigen, alternativen Werkstätten angeboten werden sollte. Ein paar fahrbare Verkaufsstände hatten ihre Plätze schon eingenommen, auch der Bierstand war schon installiert. Zu jedermanns Freude versprach der Tag, ein herrlicher Sommertag zu werden.

Unter der Dusche überkam sie ein so heftiges Verlangen nach dem jungen Beyer, daß sie laut fluchte. Sie überlegte, ob sie ihn anrufen und seine Unterstützung während des Sommerfestes erbitten sollte. Sie entschied sich dagegen. Voraussichtlich würde nichts passieren. Der Wirt hatte einfach nur ein schlechtes Gewissen, und das hatte er verdient. Zum Schutz dieses Widerlings würde sie Beyer nicht herbitten, und ihretwegen...

Ich muß unterscheiden zwischen körperlichem Verlangen und dem Bedürfnis, mit einem angenehmen Menschen zusammen zu sein. Was den Körper angeht, so gibt's auch andere Möglichkeiten, und was das Sichwohlfühlen in Gegenwart eines anderen betrifft, so ist dieses Haus nicht mehr der richtige Ort.

Beim Abtrocknen betrachtete sie ihren Körper aufmerksam im Spiegel. Sie fand sich aufregend, die großen Brüste und das Fett an Bauch und Hintern gefielen ihr, und es gelang ihr, für einen Augenblick das Bedrohliche zu vergessen, das seit ein paar Tagen ihr Verhältnis zum Dorf und zu den Bewohnern belastet und gestern abend durch die Erzählung des Wirts konkrete Gestalt angenommen hatte.

In der bimbambolischen Kirche
geht es bimbambolisch zu:
tanzt der bimbambolische Ochse
mit der bimbambolischen Kuh.
Und die bimbambolische Mutter
kocht den bimbambolischen Brei,
und die bimbambolischen Kinder
fassen mit den Fingern drein.

Pünktlich um 16.00 Uhr begann das Sommerfest. Sie lag auf der Terrasse und trank Wodka mit Orangensaft, als sie die krächzende, dünne Stimme des Bürgermeisters hörte. Der stand vor dem Mikrofon, das ihm die Grenzschutztruppe aufgebaut hatte, und hielt dieselbe Rede wie jedes Jahr. Sie hatte die Rede schon ein paarmal gehört, dieses »Meine-Damen-und-Herren-ich-freue-mich-daß-Sie-wieder-so-zahlreich«-Geschwafel, das er mit großer Inbrunst vortrug. Dreimal im Jahr hatte er Gelegenheit, vor der versammelten Gemeinde ins Mikrofon zu sprechen, und er nutzte diese Gelegenheit schamlos aus. Dabei war er unfähig, einen Satz gedanklich zu Ende zu führen. Seine Sätze endeten etwa nach zwei Dritteln dessen, was er sagen wollte, und trotzdem war es möglich, nach Beendigung der Rede wiederzugeben, was er gesagt hatte.

Den krähenden Gockel schenk' ich mir, dachte sie und wartete darauf, daß er seine Rede beendete.

Redete er wirklich so lange, oder hatte der Wodka ihr Zeitgefühl verändert?

Endlich hörte sie den üblichen Eröffnungsposaunenchor. Sie zog Jeans und ein weites Hemd über den Bikini. Am liebsten wäre sie barfuß gegangen, es war sehr warm, aber sie wollte sich nicht die mißbilligenden Blicke der Frauen zuziehen. Also suchte sie ein paar alte, goldene Sandalen hervor, als Verbeugung vor den Frauen, die sich seit Tagen neben ihrer Arbeit mit Friseur- und Garderobefragen beschäftigt hatten, und ging zum Festplatz. Inzwischen waren viele Besucher aus den Nachbardörfern eingetroffen. Sie hatte Mühe, sich zwischen den Autos hindurch auf die andere Straßenseite zu schlängeln. Nachdem sie sich auch zwischen den Verkaufsständen und Menschentrauben davor durchgedrängt hatte, war der Posaunenchor mit seinen Darbietungen fertig. Der Bürgermeister ergriff noch einmal die Gelegenheit, ans Mikrofon zu kommen. Umständlich erklärte er das Fest für eröffnet, aber diesmal hörte ihm niemand mehr zu. Der allgemeine Trubel hatte begonnen. Eine Raketenbahn, Auto-Scooter und das Kinderkarussell mit Pferdchen und Feuerwehr setzten gleichzeitig ihre Lautsprecher in Gang. In der Fischbude warb der Chef über Mikrofon für Schillerlocken und Aalbrötchen, junge Männer übten sich im Nägeleinschlagen, auf der hölzernen Tanzfläche tobten Kinder, um den Bierstand hatten sich sämtliche erwachsenen Männer versammelt. Ein leichter Dunst von Bier und Schnaps hing schon über der Festwiese.

Die Holzbänke rund um die Tanzfläche hatten die Frauen in Beschlag genommen. Deutlich zu erkennen waren die Opfer des Friseurs, auch aus den Nachbardörfern schien ein Teil seiner Kundschaft gekommen zu sein. Die Frauen trugen ungewohnte Festkleider aus Kunststoffen in Hellblau, Rosa, Grün und Bunt, in denen sie schwitzten, weil der Stoff die Luft nicht durchließ und die Kleider zu eng oder zu lang waren. Einige hatten Zeitungen zu Fächern gefaltet und wedelten damit vor roten Gesichtern hin und her. Die mit Häkelkanten versehenen Taschentücher, die eigentlich zur Zierde in den selten benutzten Handtaschen steckten, waren schon naß und zerknüllt. Alle trugen trotz des heißen Sommertages Perlonstrumpfhosen, und beim Gehen über den Festplatz sanken die hohen Absätze der Sommerschuhe in den Grasboden ein. Manche hatten ein großes Glas Bier vor sich stehen, die meisten tranken Kaffee aus Plastiktassen und aßen von dem selbstgebackenen Kuchen, mit Zunge und Gaumen prüfend, ob die Nachbarinnen ebenso viele Eier und die gleiche Menge Butter beim Backen verwendet hatten wie sie selbst. Automatisch, während sie sich fächelten und mit den Frauen links und rechts über Backen, Kochen und Krankheiten redeten, folgten die Blicke der Frauen den Kindern, die sich auf dem Tanzboden vergnügten oder auf einem umgestürzten Baumstamm balancierten und dabei mit langen Plastikschwertern in der Luft herumfuchtelten, was in dem allgemeinen Gedränge zu blauen Flecken für einige Festbesucher führte. Es entgingen den Blicken der Frauen weder die tobenden Jungen, die je nach Lautstärke und Gewaltanwendung als »richtige Männer« oder »ein bißchen still« bezeichnet wurden, noch die am Rand stehenden und den Jungen neidisch zusehenden Mädchen, die nach dem Aufwand, mit dem die selbstgenähten Kleider hergestellt worden waren, mit »ein richtiges Mädchen« oder »eine kleine Dame« betitelt wurden. Besonders liebevoll ruhten die Blicke der Mütter auf einer Fünfjährigen, die in all dem Trubel selbstvergessen vor ihrer Puppenkarre saß und einen dicken Plastiksäugling trockenlegte. Sie stießen sich an, um sich gegenseitig auf den Anblick aufmerksam zu machen, und die stolze Mutter, eine noch junge Frau im hellblauen Jackenkleid, mit hochgeschlossener weißer Bluse und angeschwollenen Füßen in zu engen weißen Pumps, lächelte selbstgefällig. Bella hätte eine Flasche Wodka gegeben für einen winzigen Anflug von Trauer im Gesicht der Frau.

Kein Mann verirrte sich auf die Bänke der Frauen. All die Kleiderpracht und Frisierkunst reichte nicht aus, um die Männer vom dicht umlagerten Bierstand wegzulocken. Im Gegenteil, seit Beginn des Festes waren nach einer ungeschriebenen Regel Männer und Frauen unterschiedliche Bereiche zugeteilt. Den Männern der Bierstand, die Schießbude, der Auto-Scooter, den Frauen die Bänke, das Kinderkarussell, Kaffee und Kuchen. Nur von ganz jungen Paaren wurde die Regel hin und wieder durchbrochen. In den Blicken und Gesten der Frauen war dann etwas wie Neid zu sehen und auch eine geheime Schadenfreude, denn sie konnten ja sicher sein, das junge Mädchen, das sich jetzt vor ihren Augen wunderbar amüsierte, in wenigen Jahren zwischen sich auf den Bänken begrüßen zu dürfen.

Und doch, dachte sie, es sind die Frauen, die schuften, Kinder kriegen und durch ihre unbezahlte Arbeit die Höfe schlecht und recht über Wasser halten. Eigentlich haben sie ein schöneres Fest verdient. Ein Wunder überhaupt, daß sie hier so friedlich beieinander sitzen, trotz des Konkurrenzdrucks, dem die kleinen Bauern ausgesetzt sind. Sie merkte, daß sie sentimental wurde, verordnete sich einen starken Kaffee, keinen Alkohol mehr und setzte sich mit einem Plastikbecher in der Hand am Rand des Festplatzes auf einen Strohballen. Suchend wanderten ihre Augen über die durcheinanderquirlende Menschenmenge.

Auf der anderen Seite des Festplatzes, in der runden Bierbude, entdeckte sie den Wirt. Um ihn mußte sie sich, zur Zeit jedenfalls, keine Sorgen machen. Er stand am Zapfhahn und ließ, aus Leibeskräften lachend und heftig schwitzend, halbe Liter Bier in große Pappbecher laufen. Noch nie hatte sie ihn so schnell arbeiten sehen, aber sie sah auch, daß er hin und wieder zwischen zwei Pappbechern mit einem kurzen Schluck das Schnapsglas leerte, und mehrmals schon hatte er mit den Männern unter lautem Gelächter angestoßen. Er war gut in Form. Irgendwann heute abend würde er so betrunken sein, daß sie sich um ihn keine Sorgen mehr zu machen brauchte. Die Männer würden ihn dann in der Schubkarre nach Hause fahren wie jedes Jahr, und am nächsten Mittag würde er wieder in der Bierbude stehen, Selter trinkend, schwitzend und gegen Abend das erste Bier versuchend. Dann würde er sich erneut betrinken. Am Tag nach dem Sommerfest blieb seine Kneipe geschlossen. Er schlief dann in aller Ruhe seinen Rausch aus, und dann ging das Leben weiter mit den abendlichen kleinen Besäufnissen hinter der Theke, mit den Männern zwischen sieben und acht und hin und wieder einem kleinen Spaß mit Weibern.

Sie dachte an die Frau hinter der Essensklappe und begann, die Frauen auf dem Festplatz zu mustern. Vielleicht war sie hier? Ihr war nicht ganz klar, wonach sie eigentlich suchen sollte, unmöglich konnte die Frau so aussehen wie in ihren Träumen, langarmig und mit Spinnenfingern, und so stellte sie die Suche bald wieder ein.

Die Wirkung des Wodkas ließ langsam nach, und ebenso langsam begriff sie, daß sie seit gestern abend, seit der Wirt mit ihr gesprochen hatte, nichts anderes versuchte, als zu vergessen, was er ihr erzählt hatte. Aber sie wußte jetzt, daß die Frau sich nicht selbst aufgehängt hatte, auch wenn sie noch nicht wußte, wie es wirklich geschehen war. Sie wußte auch, daß der Mann der Bäuerin, der geile Bock, wie der Wirt gesagt hatte, nicht von allein auf die Idee gekommen war, Abgase in seinen Wagen zu leiten. Auch wenn ihr noch nicht klar war, wie sie das bewerkstelligt hatte. Und wenn sie genauer darüber nachdachte, hielt sie es durchaus für möglich, daß der Wirt, der jetzt grölend und schwitzend zwischen seinen Kumpanen stand, nicht mehr lange leben würde. Es war ihr klar, daß sie ihn nicht aus den Augen lassen durfte, ebenso wenig wie die Frau, deren Rachefeldzug erst beendet sein würde, wenn auch der Wirt tot war.

Wieder wanderten ihre Augen über den Platz. Gründlich musterte sie die Menschen vor den Verkaufsbuden, auf den Bänken, bei den Karussells. Aber die Frau war nicht darunter.

Sie zwang sich, in Gedanken zu der Geschichte zurückzukehren, die der Wirt ihr erzählt hatte. Und plötzlich, sie fühlte in ihrem Innern eine Art Schock, ein Gefühl, als stürze sie mit der Achterbahn nach unten, plötzlich wußte sie, weshalb sie versucht hatte, die Geschichte zu verdrängen. Tief in ihrem Innern wollte sie, daß die gequälte und zerstörte Frau ihr Werk vollenden konnte.

Das war die Wahrheit, die sie nicht mehr länger beiseite schieben konnte.

Sie fröstelte in der heißen Nachmittagssonne. Über ihre Arme und ihren Rücken lief eine Gänsehaut. Sie stand auf, um sich einen zweiten Becher heißen Kaffee zu holen.

Zurück auf dem Strohballen ließ sie ihre Blicke erneut über den Festplatz wandern. Ihre Augen blieben an den Schwestern hängen, die ein bißchen verloren am Rand der Tanzfläche standen. Die Frauen auf den Bänken waren nicht zur Seite gerückt. Ihr fiel wieder ein, daß Frau Petersen über den kleinen Dorffriedhof gesagt hatte: Da kommen wir nicht hin, der ist für die Reichen.

Die Schwestern gingen weiter und versuchten, durch die dichtgedrängte Männeransammlung zum Tresen durchzukommen. Das gelang nach einer Weile jedenfalls einer. Bella konnte nicht erkennen, welche von beiden mit den gefüllten Pappbecher und vom Gelächter der Männer begleitet, aus dem Gedränge zurückkehrte.

Fall außer, fall eine,
die kleinen Kinder greinen,
die großen lachen,
die Bäcker backen,
die Schnitter mähen,
die Gockel krähen: Kikeriki!

Durch den allgemeinen Lärm drang die Stimme des Bürgermeisters, der sich noch einmal des Mikrofons bemächtigt hatte. Er schaffte es nicht, Ruhe zu erzwingen, nur mit Mühe war zu verstehen, daß er eine besondere Darbietung ankündigte. Sie hörte Marschmusik. Der Lärm verstummte. Die Karussells hatten ihre Lautsprecher abgestellt. Und dann, sie traute ihren Augen nicht: Auf dem Festplatz erschien eine Truppe englischer Kolonialsoldaten, marschierend und musizierend, direkt aus den überseeischen Kolonialgebieten, Indien vermutlich, denn der Anführer, der so munter den Taktstock schwang, als seien sämtliche Befreiungskämpfe spurlos, aber siegreich an ihm vorübergegangen, trug auf dem Rücken ein Tigerfell, dessen schwerer Kopf über seinem Hintern hin und her baumelte.

Die Truppe, etwa dreißig Männer zwischen zwanzig und fünfzig, marschierte direkt auf den Tanzboden zu, nahm dort Aufstellung und begann, tutend und blasend einmal nach rechts, dann nach links, dann rückwärts und dann wieder vorwärts, gemessenen Schrittes hin und her zu stolzieren. Die Männer trugen schwarze, enge Lastexhosen, die mit einen Steg unter dem Fuß sehr stramm gehalten wurden. Dazu kurze rote Jäckchen mit viel Silberzeug und schwarze Lackstiefelchen mit riesigen silbernen Sporen. Auf dem Kopf thronte eine hohe, rot-schwarze Lackmütze.

Sie glichen aufs Haar einer Truppe von Gockeln der Rasse »Italiener«, die unter Führung des Oberhahns mühsam erlernte Kunststücke aufführte. Dieser, ein dünner, bleicher, sehr schöner Mann, hatte, um seine Macht zu unterstreichen, schließlich hing der furchteinflößende Tigerkopf auf seinem Rücken und war für die Gockeltruppe nicht ständig sichtbar, einen feinen, silbernen Degen neben sich in das Holz der Tanzfläche gebohrt. Seine linke Hand ruhte lässig auf dem Degenknauf. Er stand unbeweglich. Mit einem Silberstöckchen in der rechten Hand dirigierte er sparsam und präzise die Vor-zurück-und-seitwärts-Schritte seiner Truppe. Ungläubig starrte Bella Block das Schauspiel auf der Tanzfläche an. Die stolzen Schrittchen, die dreißigmal unterschiedlich geformten Ärsche, dicke, plumpe, spitze, flache, die die kurzen Jäckchen den bewundernden Blicken der Zuschauer und Zuschauerinnen freigaben, langsam rot anlaufende Gesichter – stolzieren und blasen zugleich war offenbar anstrengend –, der wunderschöne, bleiche Obergockel – sie erwachte erst wieder durch die Klänge des Radetzky-Marsches, der als Verbeugung vor dem deutschen Publikum die Vorführung abschloß.

Nach einem kurzen Moment andächtigen Schweigens begannen die Leute begeistert zu klatschen. Die Kolonialgockel gaben mehrere Zugaben, und wenn auch nur die kleine Gruppe grün gekleideter Männer, Hosenbeine in den Stiefeln, frisch gebügelte Hemden, ernst und halbhoch die Hand zum deutschen Gruß erhob, so war doch ganz deutlich auf den Gesichtern der meisten Zuhörer ein Ausdruck erschienen, nicht von dieser Welt, sondern aus der von vor tausend Jahren.

Bella, nach ungläubigen Blicken in die Mienen der Umstehenden, ging an den Bierstand, der bis auf den Wirt und einen völlig betrunkenen, sich mühsam am Tresen festhaltenden Mann leer war, und verlangte einen Doppelten.

Schlaf, Kindle, schlaf!
Der Tod sitzt auf der Stange.
Er hat ein weißen Kittel an,
er will die bösen Kinder han.
Schlaf, Kindle, schlaf!

»Wir haben ein Schwein im Stall gehabt. Das ist jetzt tot. Es lag einfach da und rührte sich nicht mehr. Der Tierarzt sagt, es hat sich Silvester bei der Knallerei erschrocken, und da haben sich ein paar Muskeln verkrampft. Der Krampf hat sich immer mehr ausgebreitet in seinem Innern. Zum Schluß war es innen ganz hart und verkrampft, und daran ist es gestorben. Ich wollte nicht sterben. Ich mußte ihn umbringen, damit der Krampf wegging. Ich dachte an die beiden anderen, und mir wurde ganz leicht innen, und dann fiel er mir ein, und der Krampf ging mir schon fast bis ans Herz. Den ganzen Winter und das Frühjahr hab' ich gewartet. Mir fiel nichts ein. Es war so schwierig. Er war groß und fett. Ich konnte ihn nicht überwinden. Und er war nicht geil wie der andere. Und dann kamen die ersten warmen Tage. Der Gestank nach Schweinemist war wieder da, und ich würgte und würgte. Tagelang blieb ich steif auf dem Bett liegen. Ich wollte nicht sterben. Ich wollte nicht enden wie das Schwein. Ich bin kein Schwein. Ich mußte ihn umbringen. Es wurde mir leichter, wenn ich daran dachte. Er traute mir nicht. Er hatte Angst, seit er ein paarmal die Bilder an seiner Tür gefunden hatte. Er begann zu fürchten, die anderen könnten sich nicht selbst umgebracht haben. Aber er wußte es nicht. Und mir fiel nicht ein, wie ich es tun konnte. Als der Trecker mit dem Holz am Haus vorbeifuhr, wußte ich noch immer nicht, wie ich es mache. Ich wußte es nicht, nichts fiel mir ein. Nur daß er weg mußte, damit meine Krämpfe verschwanden, das war alles, was ich wußte. Bis ich auf den Festplatz kam, da hab' ich es plötzlich ganz deutlich vor mir gesehen. Und mir war leicht. Ich wußte, das wird das schönste Sommerfest für mich. Ich werde noch viele Sommerfeste erleben, aber dies wird das schönste. Und ich setzte mich am Rand der Wiese ins Gras und trank mein Bier, nicht weit von dem Platz, wo wir damals gesessen hatten. Und ich weinte vor Freude.«

So wie das böse Ziegenbock
die grüne Blatt am Rosenstock
mit seine Maul abbeißen tut
so macht die Tod das Mensch kaputt

Seit die Gockeltruppe ihre Parade aufgeführt hatte, hatte das Fest für Bella etwas Unwirkliches bekommen. Sie sah die Menschen überdeutlich, so, als sei die Luft plötzlich klarer geworden. Und dennoch waren sie unendlich weit entfernt, so weit, daß sie die Geräusche um sich herum nur noch gedämpft wahrnahm. Nach und nach kehrten die Männer an den Bierstand zurück. Sie wurde angesprochen und antwortete freundlich. Der Wirt schien erleichtert, sie in seiner Nähe zu sehen. Da ging sie zurück auf ihren Strohballen und trank dort den zweiten Becher Bier. Hin und wieder bewegte sie sich von dem Strohballen weg, stellte sich zu einer Gruppe von Frauen oder stand am Rand der Auto-Scooter-Bahn und sah den Wagen zu, die aufeinander zurasten und mit dumpfem Krachen zusammenstießen. Aber der Lärm kam aus irgendeiner Ferne zu ihr herüber und erreichte sie nicht wirklich.

Der Wirt hatte Angst. Sie hätte seine Angst riechen

können, wenn sie in seiner Nähe gestanden hätte. Sie lächelte ihm zu, wenn immer sich ihre Blicke trafen.

Lange saß sie mit Frau Petersen auf dem Strohballen und hörte ihr zu, wie sie mit schwerer Zunge und halb klagendem, halb rührseligem Tonfall über ihre Jugend jammerte. Es war von zu wenig Schlaf die Rede.

Jeden Morgen um vier raus, die Schweine ausmisten, melken, Frühstück machen, ohne Schulbrot in die Schule, auf dem Nachhauseweg getrödelt, um nicht sofort aufs Feld zu müssen, so ging es endlos weiter, und Bella warf hin und wieder eine Frage ein, aber in ihrem Kopf gingen ganz andere Dinge vor. Wörter hatten sich eingefunden, die keinen Zusammenhang ergaben, aber doch einen Sinn. Eins dieser Wörter hieß »subversiv«, und sie begann, in Gedanken Reime darauf zu erfinden. Subversiv als Korrektiv, subversiv – nichts geht schief, subversiv – weg der Mief, subversiv – nichts geht schief. Es fielen ihr viele Reime ein, auch die furchtbaren Verse ihres Großvaters:

> Nein, manchmal wachst du auf
> Berührt, beunruhigt
> Von leisem Erinnern
> Einem heimlichen Vorgefühl...
> Und im Gehirn beginnen zu klopfen
> Allzu klare Gedanken...
> Und, ihren Aufruhr verhaltend,
> Wie in Angst vor etwas, denkst du:

Wäre es nicht besser, wenn auch der neue Tag hinginge wie alle:
Im stillen Irrsinn?

Und sie lächelte Frau Petersen freundlich und tröstend zu, die inzwischen bei der Schilderung ihrer harten Jugend in Tränen ausgebrochen war. Als am Rand des Platzes eine kleine Gestalt in dunklem Mantel und Pudelmütze auftauchte, stand Bella auf und ging über den Platz auf sie zu. Im Vorbeigehen schenkte sie dem Wirt ein freundliches Lächeln. Ein Jugendfreund fiel ihr ein, der eine Katze streichelnd, die auf seinem Schoß lag, mit zärtlicher Stimme gesagt hatte:

Jetzt werden wir dir gleich den Kopf abhacken, mein kleines Kätzchen.

Die Katze hatte wohlig geschnurrt.

Sie widerstand der Versuchung, sich umzudrehen und dem Wirt noch einmal zuzulächeln.

Die Alte war weitergegangen. Jetzt stand sie am Zaun ihres Vorgartens. Die Margeriten reichten ihr bis an die Schultern, ein kleiner See aus Milch und Butter, der sich im Wind bewegte. Sie sah Bella entgegen.

Jeder hat heute seine besondere Art von Fest, sagte sie. Ihre Stimme war tief. Sie sprach langsam, und in ihrem gelben Gesicht klebte die Haut wie angetrocknet über den Knochen. Ein kleines, irres Lächeln lag um ihrem Mund. Sie setzte sich auf die Bank vor der Haustür und zeigte mit einer unbestimmten Geste in den Hausflur.

Einen ganzen Topf voll hat er bringen lassen, das reicht für ein paar Tage. So großzügig war er schon lange nicht mehr. Sie kicherte und lud Bella mit einer Handbewegung ein, sich neben sie zu setzen. Sie saßen da, die Margeritenbüsche verdeckten den Blick auf die Felder, nur das geöffnete Gartentor ließ einen Ausschnitt sehen. Weit entfernt fuhren zwei Heulader umeinander herum, riesige, schwerfällige Insekten, sich abtastend, wie in einem unbekannten Paarungsritual. Nach einer Weile sagte die Alte:

Sie werden abfahren und nicht wiederkommen.

Sie erwartete keine Antwort. Was hätte auch geantwortet werden können außer »ja«. Sie sah die alte Frau von der Seite an, sah wieder das irre Lächeln und wußte, sie würde nichts mehr sagen.

Es gibt auch nichts zu sagen, dachte sie, und stand auf, um zu gehen. An der Gartenpforte wandte sie sich um. Die Alte hatte eine Hand erhoben. Ein dünner gelber Arm ragte aus dem weiten Mantelärmel hervor. Das Gesicht verschwand fast unter der Wollmütze. Nur die dunklen Augenhöhlen und das Lächeln waren zu sehen.

In manchen Dörfern, dachte Bella verwundert, sitzt in den Margeriten der Tod.

Guten Abend, gut Nacht,
mit Rosen bedacht,
mit Näglein besteckt,
schlupf unter die Deck.
Morgen früh, wenn Gott will,
wirst du wieder geweckt.

Vom Festplatz waren die kreischenden und quäkenden Kinder verschwunden. Das Kinderkarussell hatte seinen Betrieb eingestellt. Dennoch war es nicht ruhiger geworden. Aus dem Lautsprecher an der Tanzfläche dröhnte Plastikmusik. Auf den Bänken saßen nicht mehr die Mütter, sondern junge Pärchen, händchenhaltend oder sich in den Armen liegend. Auf den Brettern mühte sich ein Paar ab. Der junge Mann war zu betrunken, um die richtigen Schritte zu finden. Ergeben hing das Mädchen in seinen Armen und ließ sich die Schuhe demolieren.

Bella, die nach dem Zusammentreffen mit der Alten ins Haus gegangen war und eine Weile geschlafen hatte, sah hinüber zum Bierstand, der, von einer Kette bunter Glühbirnen erleuchtet, immer noch umlagert war. Aber nicht mehr der Wirt, sondern ein junger Mann, den sie nicht kannte, wahrscheinlich aus einem der Nachbardörfer, zapfte das Bier. Sie ging näher heran und sah den

Wirt im Innern der Bude. Er lehnte vollkommen betrunken an einem Pfeiler. Sie drängte sich durch und stellte sich neben ihn. Er erkannte sie, versuchte ein Gespräch anzufangen, aber aus seinem Mund kam nur ein unverständliches Blubbern – sie meinte, das Wort »Wache« verstanden zu haben –, auf das nichts zu antworten war. Sie beschloß, vorerst neben ihm stehen zu bleiben.

Der Platz wurde leerer. Alle Buden waren jetzt dunkel. Die Umrisse des Holzstoßes, der am Vormittag aufgebaut worden war und am nächsten Abend niedergebrannt werden sollte, hoben sich vom nächtlichen Himmel ab. Wie eine schwarze Riesenspinne ragte die Raketenbahn in den Himmel. Die bunten Lichter an der Tanzfläche warfen ihren Schein über die letzten Pärchen auf den Bänken. Die Tanzfläche und die Bierbude waren die einzigen Lichtinseln auf dem Platz und die einzigen Flecken, wo sich noch Menschen aufhielten. Die Frauen waren ebenso verschwunden wie die Kinder. Bella konzentrierte sich darauf, dem hin und wieder blubbernden Wirt keine Beachtung schenkend, die dunklen Ecken des Platzes mit den Augen abzusuchen. Niemand war zu sehen. Dann löste sie sich mit einem Ruck vom Tresen, umkreiste den Platz, aber auch jetzt sah sie niemanden. Sie kehrte an den Tresen zurück, bestellte ein Bier und blieb schweigend neben dem Wirt stehen. Auch die Männer wurden jetzt weniger. Schließlich blieben nur noch die übrig, die in der Nacht den Holzstoß bewachen würden. Sie hörte aus den Gesprächen, daß es darum ging, irgendwelche Burschen aus der Nachbarschaft daran zu hindern, den Holzstoß vorzeitig in Brand zu stecken. Es gab Gelächter und wilde Drohungen gegen den Feind, und die Schichten wurden eingeteilt.

Durch das laute Gerede war auch der Wirt wieder zur Besinnung gekommen und bestand darauf, an der ersten Schicht beteiligt zu werden. Die Männer beruhigten ihn, indem sie ihm versprachen, ihn auf jeden Fall mitzunehmen, und er sackte brabbelnd und blubbernd wieder in sich zusammen. Mit dem Wirt standen noch acht Männer am Tresen, als das Licht über der Tanzfläche ausging und die Musik abbrach. Sie sah zu, wie die letzten Pärchen sich auf den Heimweg machten, der für einige sicher nur bis zum nächsten Knick führen würde.

Jetzt war der Tresen der einzige Lichtfleck auf dem Platz. Sie machte noch einmal die Runde, aber bis auf ein Paar, das es lediglich hinter die Rückwand der Fischbude geschafft hatte und sich jetzt dort im Gras wälzte, und die Männer am Tresen war der Platz leer.

Dann gingen die Männer der zweiten Schicht.

Wenn überhaupt, dann kommen sie, wenn wir Wache schieben, sagten sie.

Deshalb wollten sie noch eine Runde schlafen, um nachher fit zu sein. Sie zweifelte nicht daran, daß die vier pünktlich um zwei wieder erscheinen würden. Die waren pünktliches Aufstehen gewöhnt. Wahrscheinlich würden sie sogar von verschlafenen Frauen noch einen Kaffee serviert bekommen, ehe sie sich auf den Weg machten.

Der junge Mann, der in den letzten Stunden den Wirt vertreten hatte, rechnete die Einnahmen zusammen, packte Scheine und Kleingeld sorgfältig in eine orangefarbene Stahlkassette und steckte dem Wirt den Schlüssel in die Tasche des feuchten, zerknitterten Oberhemdes. Der Wirt, der eingeschlafen war, erwachte.

Ich komme, murmelte er, machte einen Schritt nach vorn und knickte ein. Er wäre umgefallen, wenn ihn der junge Mann nicht aufgefangen hätte.

Moment, hörte sie einen der beiden außen am Tresen stehenden Männer sagen. Der Mann verschwand in der Dunkelheit. Der Wirt wurde wieder an den Tresen gelehnt. Der junge Mann öffnete die Bierbude, indem er ein Brett des Tresens hochklappte und die kurze Holzwand darunter zur Seite schob. Aus der Dunkelheit erschien der Mann mit einer Schubkarre. Die schob er in das Innere der Bierbude, dicht neben den Wirt. Die Männer bugsierten den Betrunkenen, der räsonierte, aber unfähig war, Widerstand zu leisten, in die Karre, und der junge Mann steckte ihm die Stahlkassette zwischen die Oberschenkel. Es war der einzige Platz, der noch blieb, als sie den fetten Körper eingeladen hatten. Das alles erledigten sie so routiniert, daß zu erkennen war, daß sie ihm diesen Samariterdienst nicht zum ersten Mal angedeihen ließen.

Bella, die unbeachtet am Tresen gelehnt hatte, sah, wie der junge Mann das Licht ausmachte. Er schob den Karren mit dem Wirt aus dem Innern der Bierbude. Einer der beiden anderen Männer schloß das Rund wieder, und die drei zogen in Richtung Holzstoß, die Karre mit dem Wirt vor sich her schiebend. Der Holzstoß war nicht weiter als dreißig Meter entfernt. Sie hörte sie rumoren. Ein paar Bierflaschen klirrten aneinander, als sie sich niederließen. Dann war es still auf dem Platz. Bella ging eine letzte Runde um die dunklen Buden, aber bis auf die Männer am Holzstoß war der Platz leer. Nur hinter der Fischbude lag ein einzelner Mann in völlig derangiertem Zustand. Ihm fehlte die Hose, und die Unterhose hing in den Kniekehlen. Er lag auf dem Bauch und schlief. Sein weißer Hintern leuchtete im Dunkeln.

Änige, bänige, doppeldee
triffel, traffel, trummermee
Sündernot, Schwarzer Tod,
rußige Pfannen, draußengestanden.

»Es war furchtbar. Sie hatten die Tür aufgelassen. Sein Haus war abgeschlossen. Das machten sie sonst nie. Aus unserem Schweinestall hatte ich die Kanister geholt. Da stellen wir unser Werkzeug rein, seit das Schwein tot ist. Als Ruhe draußen war, bin ich mit den Kanistern zu seinem Haus gelaufen. Ich wußte, sie würden ihn hinbringen. Sie tun das immer und stellen ihn dann mit der Karre neben den Tresen. Alle lachen darüber, aber ihm schadet es nicht, wenn sie lachen. Das Haus war zu. Ich bin auf den Kanister gestiegen und habe ins Fenster gesehen. Da sah ich, er war gar nicht drin. Ich hab' mich auf den Kanister gesetzt und geheult. Ich dachte, daß er jetzt irgendwo sitzt und von mir erzählt. Ich hab' immer mehr geheult. Ich dachte, daß ich mich selber anstecke. Aber erst wollte ich wissen, wo er war. Da hab' ich die Kanister genommen und bin wieder zurückgegangen. Meine Knie waren weich, ich hab' mich gefürchtet, auf den Platz zu gehen. Als ich weiter rankam, hörte ich sie lachen. Ich hab' die Kanister abgestellt und bin den Stimmen nachgegangen. Da hab' ich die drei Männer gesehen, die an dem Holzstoß saßen. Er war nicht dabei. Ich hab' gewartet, bis sie ruhig wurden. Sie wurden müde und sind eingeschlafen. Dann bin ich dichter rangegangen. Und da hab' ich die Griffe von der Karre gesehen, die ragten aus dem Holzstoß raus.

Sie hatten ihn mit der Karre in den Holzstoß geschoben. Ich bin ganz dicht rangegangen. Er lag da und schnarchte, besoffen wie jedesmal. Ich hab' gewartet, bis sie fest schliefen. Ich hab' die Karre noch weiter reingeschoben. Ich bin zurückgegangen und hab' den Kanister geholt.

Ich war so erleichtert, daß ich ihn doch noch gefunden hatte.

Dann hab' ich etwas Benzin unter die Karre geschüttet und um den Holzstoß herum, ein brennendes Streichholz reingeworfen und bin zurück ins Haus gelaufen. – Ich bin noch mal zurück, weil ich die Kanister vergessen hatte. Da brannte schon alles. Ich hab' ihn nicht gehört, aber die Männer waren aufgewacht und schrien durcheinander. Sie haben mich nicht gesehen, sie waren zu aufgeregt. Ich hab' die Kanister zurück in den Stall gestellt. Es fehlte nur ein wenig Benzin, das trockene Holz brennt ja von allein. Vom Fenster meines Zimmers aus konnte ich das Feuer sehen. Es war sehr hell. Irgendwann ist ein Krankenwagen gekommen. Die Sirene konnte ich schon von weitem hören. Ich dachte, daß das nichts nützen wird. Ich bin dann schlafen gegangen. Jetzt kann ich wieder schlafen. Es ist alles in Ordnung.«

Die Schweden sind kumma,
ham alles mitgnumma,
ham die Fenster neigschlagen,
hams Blei davongetragen,
ham Kugeln draus gossen
und alle derschossen.
Eia Viktoria, jetzt hat der Krieg ein End.

Bella hatte den Festplatz gegen Mitternacht verlassen. Während sie ging, hörte sie hinter sich noch einen Augenblick lang die schläfrigen Stimmen der Männer, dann kam sie in das Dunkel und die Stille ihres Gartens. In ihrem Schlafzimmer hatte sie die Fenster weit geöffnet und sich dann, sie hätte nicht sagen können weshalb, angezogen auf das Bett gelegt. Es war nicht der Schein des Feuers gewesen, der sie später geweckt hatte, sondern die Sirene des Krankenwagens. Als sie die Augen öffnete, das vom Schein des Feuers hell erleuchtete Zimmer sah, wußte sie, was geschehen war.

Sie erhob sich, setzte sich aber gleich wieder auf das Bett, dachte nach und kam zu dem Ergebnis, daß ihre Anwesenheit dort drüben nicht notwendig war. Die Sirene des Krankenwagens, die eine Weile geschwiegen hatte, begann, aufs neue zu heulen.

Der Feuerschein an der Wand ihres Zimmers war jetzt nicht mehr so hell. Sie beschloß, doch zum Platz zu gehen. In dem vom Feuer matt erleuchteten Garten warfen die Holunderbüsche riesige Schatten.

Der halbnackte Mann hinter der Fischbude war verschwunden. Sie hatte eine Menschenansammlung erwartet, aber nur wenige Männer standen um die Reste des langsam in sich zusammenfallenden Feuers, aus dem sich jedesmal, wenn einer der inneren Balken herunterfiel, ein Funkenwirbel in die Luft erhob. Langsam ging sie näher heran. Ihre Augen suchten den Platz nach der Frau ab. Sie fand sie nicht. Als sie die Männer erreichte, sah sie in verstörte Gesichter. Außer den dreien, die Wache gehalten hatten, war der Alte erschienen, den sie ein paarmal auf dem Hof der Bäuerin gesehen hatte. Er trug eine dicke Joppe und Gummistiefel, aus denen die Beine der Schlafanzughose hervorsahen. Weshalb er gekommen war, konnte sie nur raten. Er stand am Rand des Feuers und brabbelte vor sich hin. Dann waren da noch zwei jüngere, übernächtigte Männer, die Feuerwehranzüge trugen oder jedenfalls Teile davon. Von der Sirene des Krankenwagens geweckt, hatten sie den Feuerschein gemerkt. Ein um das andere Mal versicherten die beiden, daß sie so schnell gerannt seien wie noch nie, aber es wäre eben zu spät gewesen. Sie waren so aufgeregt, daß der Polizeiposten, der, im Nachbardorf stationiert, gleichzeitig mit dem Krankenwagen gerufen worden war, begann, sie mißtrauisch zu beäugen. Er war sich darüber klar, daß es jetzt seine Pflicht war, ein Protokoll aufzunehmen. Und obwohl er auch bisher schon hin und wieder Hühner- oder Fahrraddiebstähle protokolliert hatte, wußte er nicht, wie er anfangen sollte. Protokoll aufnehmen oder mit den anderen über die Schuldigen spekulieren – er konnte sich nicht entscheiden. Schließlich kannte er die versammelten Männer. Wahrscheinlich war es nur ein Zufall, daß er in der Nacht nicht selbst zum Bewachen des Holzstoßes zurückgeblieben war.

Hättet ihr ihn denn nicht nach Hause schieben können? fragte er. Dabei versuchte er, seiner Stimme einen strengen Ausdruck zu geben, aber sie klang doch eher jämmerlich, so, als wollte er in Wirklichkeit sagen: Hättet ihr mir nicht die Arbeit ersparen können?

Die drei Bewacher des Holzstoßes hatten sich in einer Reihe auf den dicken Baumstamm gesetzt, auf dem noch vor wenigen Stunden die Kinder ihre Kunststücke vorgeführt hatten.

Sie boten einen jammervollen Anblick. Der junge Mann, der die Arbeit des Wirts hinter dem Tresen übernommen hatte, ließ die Hände zwischen den Knien herunterhängen. Sie waren schwarz, und auf den Handflächen mußte er Brandblasen haben, aber er kümmerte sich nicht darum. Es stellte sich heraus, daß er, wahrscheinlich weil er am wenigsten getrunken hatte, als erster aufgewacht war und den Ernst der Lage erkannt hatte. Es war trotzdem zu spät gewesen. Er war es gewesen, der sich bis dicht an den lichterloh brennenden Holzstoß herangetraut und versucht hatte, die Karre mit dem Wirt herauszuziehen. Seine Augenbrauen und ein Teil seiner hellblonden Haare waren abgesengt. Er saß da und starrte vor sich hin. Die beiden anderen redeten auf ihn ein, langsam und in stockenden Sätzen. Sie fühlten sich mitschuldig, schließlich hätten sie nicht einschlafen dürfen. Keiner von ihnen konnte sagen, wer wohl den Holzstoß angezündet haben könnte.

Die kriegen wir nie, war alles, was zu den Tätern zu hören war. Auch der Polizist war dieser Meinung, als Bella ihn fragte. In den letzten zehn Jahren war es zweimal vorgekommen, daß der Holzstoß nachts vorzeitig abgebrannt worden war. Beide Male war es aber zu Ostern und nicht während des Sommerfestes gewesen, und niemand hatte die Täter herausbekommen. Die hätten eine gehörige Tracht Prügel erwischt, schließlich war es harte Arbeit, so einen Holzstoß in der richtigen Größe und Form aufzuschichten. Deshalb hielten sie dicht und freuten sich im Geheimen. Diesmal war wahrscheinlich ein Mensch dabei getötet worden, da würden sie sich erst recht nicht freiwillig melden.

Ob der Wirt tot war, wußten sie übrigens nicht, aber sie nahmen es an. Der Anblick des gekrümmten, angekohlten Mannes, dessen Beine brannten, und der keinen Laut von sich gegeben hatte, ließ keine andere Vermutung zu. Die Männer waren unfähig, über das Aussehen des Mannes auf der Karre zu sprechen. Der Schock war zu groß. Nur der Polizist, der wußte, was er seinem Ansehen als Amtsperson schuldig war, bemühte sich, Bella eine Beschreibung zu geben.

Dann kamen die Männer der zweiten Schicht. Einer nach dem anderen kam angerannt und fragte atemlos, was passiert sei. Der Polizist versuchte, ihnen eine Erklärung zu geben. Plötzlich fiel ihm ein, daß er eigentlich amtlich tätig zu werden hatte. Er unterbrach sie ungehalten, verlangte Ruhe, obwohl außer dem Alten, der noch immer brabbelnd am Rand des fast verloschenen Feuers stand, niemand mehr etwas gesagt hatte, und begann, die Anwesenden umständlich nach dem Hergang dessen zu befragen, was er gerade selbst erzählt hatte. Bella flüsterte ihm zu: Mich brauchen Sie hier wohl nicht, ich bin im Haus, und ging zurück.

Vor der Haustür setzte sie sich auf die steinernen Stufen und sah hinüber zum Haus der Nachbarinnen, dessen Fenster dunkel waren.

Sie fürchtete sich nachzudenken, aber sie mußte sich Klarheit verschaffen, wenn sie handeln wollte.

Sie schloß die Augen und lehnte den Kopf an den Pfosten des Vordachs.

Anstatt nachzudenken, schlief sie ein. Als sie erwachte, begann es, hell zu werden. Ein paar frühe Schwalben schossen in halber Höhe durch den Garten, ein leichter Brandgeruch lag in der Luft, und hinter dem Haus der Nachbarinnen ging die Sonne auf. Sie blieb noch einen Augenblick in den ersten Sonnenstrahlen sitzen und erhob sich dann, um ins Haus zu gehen.

Das warme Wasser der Dusche tat ihr gut. In ihrem Arbeitszimmer begann sie, in den Schubladen des Schreibtisches zu wühlen, und fand nach einer Weile das kleine Aufnahmegerät, das sie gesucht hatte. Sie steckte das Gerät in die Hosentasche und ging, ohne sich im Haus umzusehen, wieder nach draußen. Sie ging durch den Garten auf die Straße. Der Festplatz lag jetzt verlassen da. Nichts deutete auf die Ereignisse der Nacht hin. Aus dieser Entfernung waren nicht einmal die Reste des Holzstoßes zu erkennen. Sauber und friedlich lag das Dorf in der Morgensonne.

Sie klingelte an der Haustür der Schwestern, und während sie wartete, betrachtete sie die Rosen und den Jasmin im Vorgarten. Die Rosen standen auf sauber abgezirkelten Beeten, aber sie blühten so üppig, daß ihre schweren Köpfe über die schmalen Wege hingen und die Begrenzungen zwischen den Beeten verdeckten.

Die Tür wurde geöffnet, und Frau Petersen sah sie an.

Sie schläft noch, sagte sie. Sie hat die ganze Nacht geschlafen.

Hier ist grün,
dort ist grün
unter meinen Füßen.
Hab' verloren meinen Schatz,
werd' ihn suchen müssen.

Als sie das Haus der Schwestern verließ, konnte sie ihr eigenes Haus, das nur wenige Schritte entfernt lag, kaum erkennen. Ungewöhnlich dichter Morgennebel lag über dem Dorf. Sie ging langsam durch das feuchte Gras, vorbei an den Holunderbüschen, die wie Fetzen aus dem Nebel hingen. Wie immer schrammte die Haustür laut über den Boden. Sie schloß sie hinter sich und blieb in der Halle stehen.

Dies war also ihr Haus gewesen. Ihr Blick ging langsam über die riesige, altmodische Polstergruppe, die um den Kamin stand, über den langen, selbstgebauten Eßtisch und die schönen Stühle mit den hohen Lehnen, die sie vor zwei Jahren zufällig beim Trödler im Nachbardorf gefunden hatte. Sie sah die hohe Decke mit den dunklen Balken und die hölzerne Treppe, die nach oben führte. Es roch auch jetzt im Sommer nach Holzfeuer.

Langsam ging sie durch die Halle in die Küche. Sie nahm automatisch einen Schwamm, streute Scheuersand auf den Tisch und rieb mit langsamen Bewegungen das aufgezeichnete Schwein von der Tischplatte. Der Blick aus dem Fenster über die Felder hatte ihr immer besonders gut gefallen, jetzt sah sie auf eine Nebelwand. Mit langsamen Schritten ging sie zum Kühlschrank, sie hatte Hunger. Es war nichts drin, wie immer in den letzten Tagen, woher auch, sie hatte nicht eingekauft. Sie ging zurück durch die Halle in ihr Arbeitszimmer. Es war hell und freundlich, denn die Fenster gingen nach Osten, und durch den langsam aufsteigenden Nebel drangen Sonnenstrahlen. Sie blieb an der Tür stehen, und ihr Blick fiel auf die Zeile eines an die Wand gehefteten Gedichts:

> Der schreckliche Sommertag,
> viel schöner noch als Salomonis Seide

Das hatte sie angepinnt, als sie eingezogen war, und sie würde es hängen lassen.

Es waren nur wenige Dinge einzupacken, die Beretta, der Brief von Kohlau, die Bücher aus der Bibliothek. Vielleicht würde sie irgendwann noch ein paar Sachen abholen, aber nicht jetzt. Sie nahm ihre Jacke von der Garderobe und schloß die Haustür hinter sich ab. Der Wagen war naß vom Nebel – einen kleinen Augenblick erfaßte sie Panik bei dem Gedanken, er könne nicht anspringen.

Das Aufnahmegerät legte sie neben sich auf den Sitz. Sie fuhr bis ins nächste Dorf und hielt vor dem Café. Sie ging hinein und bat um eine Tasse Kaffee und ein Brötchen. Das Café war leer zu dieser frühen Morgenstunde. Durch ein geöffnetes, großes Kippfenster sah sie nach draußen. Der Nebel hatte sich noch weiter zurückgezogen. Orangefarbene Dahlienbüsche, ein gepflasterter Hof und jenseits eines Zauns ein schmaler Weg. Es war warm, eine milde Wärme, die an Wespen und Altweibersommer denken ließ. Draußen auf dem schmalen Weg fuhr ein Trecker vorbei, den Anhänger hoch beladen mit Korn.

Die Ladenglocke bimmelte, und ein Mann kam herein. Er trug lodengrüne Hosen, die Ärmel des Oberhemds waren hochgekrempelt, seine blonden Haare kurz geschnitten. In der breiten gemütlichen Sprache der einheimischen Bauern verlangte er Brötchen.

Die junge Frau hinter dem Tresen beklagte die Fliegenplage, die in diesem Sommer besonders unangenehm sei. Sie brachte den Kaffee und das Brötchen, das wie Wellpappe mit Mohnkrümeln schmeckte.

Sie zahlte, und die junge Frau sah ihr durch das Schaufenster nach, wie sie ins Auto stieg und davon fuhr.

Zu Hause würde sie ihr Entlassungsgesuch schreiben und ihren letzten Bericht. Ihr neues Leben würde nicht einfach sein, aber einfacher als die Zusammenarbeit mit Kollegen, die sie verachtete. Sie dachte an den jungen Beyer und lächelte.

Der Bericht, den sie abzufassen hatte, würde ihr letzter sein. Ihr würde schon etwas einfallen, besondere

Mühe war nicht notwendig. Weshalb sollte sich eine Frau nicht aus Einsamkeit umbringen, so etwas kam alle Tage vor. Und ein Landwirt, der Frau und Kind nicht mehr ernähren konnte, weshalb sollte der nicht Schluß machen? Der Tod des Wirts war ein Unfall, das war eindeutig.

Es lohnte nicht, länger darüber nachzudenken.

Der Nebel war jetzt endgültig verschwunden. Ein leichter Dunst lag über den Feldern, auf denen die zusammengerollten Strohballen lagen, wie Noppen auf einer Trachtenjacke. Eine schwarzweiße Katze lief über ein Feld. Sie sah der Katze ähnlich, die vor ihrem Haus gelegen hatte.

Bella Block griff neben sich und stellte das Aufnahmegerät an. Sie wartete und hörte dann die Stimme.

»Es kam nicht oft vor, daß sie mit mir sprachen...«

Galgenberg-Krimi

Wenn Sie mehr von Doris Gercke
lesen möchten,
empfehlen wir Ihnen, die in
Hardcover gebundenen Ausgaben
zum Preis von je DM 19,80

Weinschröter, du mußt hängen
136 Seiten, ISBN 3-925387-41-2
Nachsaison
136 Seiten, ISBN 3-925387-46-3
Moskau meine Liebe
144 Seiten, ISBN 3-925387-59-5
Der Krieg, der Tod, die Pest.
160 Seiten, ISBN 3-925387-69-2
Die Insel
176 Seiten, ISBN 3-925387-74-9
Kinderkorn
224 Seiten, ISBN 3-925387-89-7

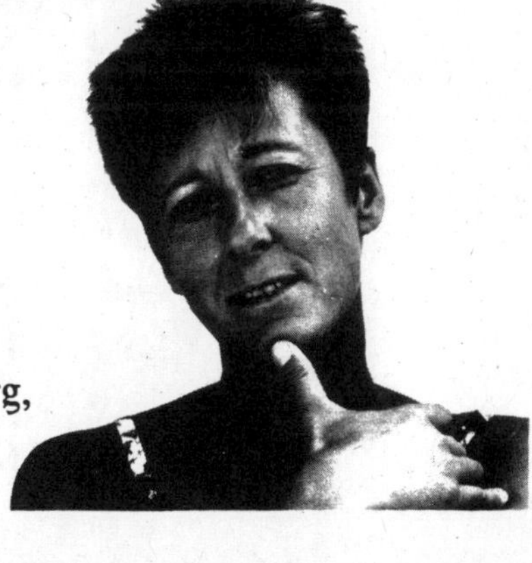

Bitte fordern Sie unser Gesamtverzeichnis an

Verlag am Galgenberg,
Lange Reihe 29
2000 Hamburg 1